中国最美古典诗词

花间卷

高文喆 著

中国华侨出版社

图书在版编目(CIP)数据

中国最美古典诗词.花间卷 / 高文喆.—北京：
中国华侨出版社,2013.10 （2021.2重印）

ISBN 978-7-5113-4164-8

Ⅰ.①中… Ⅱ.①高… Ⅲ.①古典诗歌–诗歌研究–中国
Ⅳ.①I207.2

中国版本图书馆 CIP 数据核字(2013)第245787 号

中国最美古典诗词·花间卷

著　　者 / 高文喆

责任编辑 / 若　溪

责任校对 / 李向荣

经　　销 / 新华书店

开　　本 / 870 毫米×1280 毫米　1/32　印张/8　字数/142 千字

印　　刷 / 三河市嵩川印刷有限公司

版　　次 / 2013年10月第1版　2021年2月第2次印刷

书　　号 / ISBN 978-7-5113-4164-8

定　　价 / 38.00 元

中国华侨出版社　北京市朝阳区静安里 26 号通成达大厦 3 层　邮编：100028

法律顾问：陈鹰律师事务所

编辑部：(010)64443056　　64443979

发行部：(010)64443051　　传真：(010)64439708

网址：www.oveaschin.com

E-mail：oveaschin@sina.com

·······························

　　词这种文学样式最早形成于晚唐五代，是当时文人宦仕歌舞宴乐的产物，是与华丽浪漫的管弦丝竹管奏一并诞生的。"花间词"主要描写的是风花雪月与男女感情的故事，并通常是用女子的人称来表达感情，风格隽美艳柔。从现在的视角来看，"花间词"是生活在动乱的唐朝末年的文人的内心写照，也体现着当时的社会风尚和审美观，非常完美地描写了当时社会形态下形形色色的爱情故事和情感，体现了一种温情脉脉的人性之美。花间词具有鲜明的浪漫色彩、华美的情调，以及独特的美学元素，深刻地影响着后人。宋人认为"花间词"算得上是"本色词"，是最正宗的词，对后来的词坛风格影响深远。

五代后蜀赵崇祚所辑的《花间集》里最早提到了“花间”一词。这也是我国最早的一部词总集，收录了包括晚唐温庭筠等十八家词作五百首，共十卷。作品涉及的年代大约从唐开成元年到广政三年，前后大约有一个世纪。假如说李白、杜甫们的那些磅礴大气的伟大诗篇代表了盛唐的文化气概，那么以温庭筠、韦庄为代表的绮艳华美的花间词，则是晚唐时期的经典标签。

许多人习惯用一个“艳”字来总结花间词。他们认为这类词的词风使得这种花间词派形如一位艳装的女子，凭借其妖娆华美的姿态和不可抗拒的魅力，登上了晚唐五代文人诗客的酒席歌宴，欣欣然地娱宾遣兴，承南朝宫体之余响，舞动着轻盈衣袖，在歌扇轻摇间回眸一笑，立马满堂花醉三千客，一笑百媚倾人城！

温庭筠是用全部心力倚声填词的第一人，他的词作绮艳幽怨、繁丽工细。他将全部才情和心灵都沉醉在一种对声色欢娱的纵情追求，以及对美丽女性的爱恋思念之中。在描写女性之美方面，温庭筠是不折不扣的天才词人。在他的笔下，女人们都变得那么华丽高贵、气质典雅：鬓发如云，戴珠插翠，衣锦穿罗，额点芯黄，眉黛青山；与她们相伴的总是暖甜熏香，镶金鸾凫，轻纱薄绢，月明花盈；她们的美丽倩影时时隐现在鸳鸯屏里、水晶帘后、沉香阁上，画楼栏边…… 同时，温庭筠的词也是对深切爱情的描述，大唐女人的婉转心思在他的笔下显露得淋漓尽致。

现在人们欣赏古典诗词，主要在于一个"品"字上，仿佛含着一枚橄榄，品一口清茗，滋味全在深心体悟。有时需要深吟细咏，了解创作年代和作者经历，继而调动自己的生活阅历和想象，来体会诗词中的意境与内蕴；但有时很简单，仅仅一时之机缘，因为一句诗词或某一个情景、某一个共鸣，打动了人心、牵动了某种思绪，你就迅速进入诗词中的境界，说起来有些像"禅"的渐悟与顿悟。

许多关于花间诗词的读本语言过于文言，解析短而不深入，致使现代读者无法更深情体会作者酣畅的兴致，为了帮助读者，特别是青年朋友，现在我们用新的理念、新的视角结合现代人的审美情趣，以时间与感情为主线，分三个辑次，对遴选出的唐、宋、元、明、清优秀花间词集做了全面的赏析，深入分析其中蕴含的美学意义和对现代人追求生活之美的启示。

本书是一部全面、深入、通俗地研究、欣赏花间诗词的不二佳作。

辑三

如梦如幻——明清

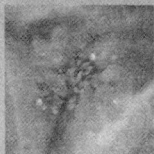

辑一

花间煮酒——唐朝

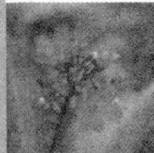

花间煮酒，多写唐代以来擅写花间词的众位词人。这时期有很多以"花间词"留名史册的大家，比如温庭筠、牛峤等。这些词人所写内容不外少妇思春，闺中情愫、神仙恋事等，虽内容大体一致，但在文字写作风格上，却是各有特色。有些人用词明艳动人，而有些则追求简单直白，以求朗朗上口。总的来说，花间词是中国诗词历史上不可忽视的一项重要文体，是中华五千年博大精深文化的一个见证。

以温庭筠为代表的一系列花间词作者，更是凭此留名千古，永垂青史。

春梦关情

杏花含露团香雪，绿杨陌上多离别。灯在月胧明，觉来闻晓莺。

玉钩褰翠幕，妆浅旧眉薄。春梦正关情，镜中蝉鬓轻。

（唐）温庭筠

从这首词中出现的"杏花含露"、"妆浅旧眉"等词，可以轻易地看出，这是一首生动描写思妇梦醒之后情态的词。"杏花含露团香雪"，很直白地交代了故事所发生的时节，正是杏花开遍，而恰恰这也成为勾起思妇情怀的最终缘由。此时此刻，外面是一个怎样的世界呢？风和日丽，杏花开遍，然而这样一个美好的时节，想到

"我"却始终只是孤身一人，不觉愁从忧思来。

　　词人继续写景，写到杏花是怎样的呢？是"香"和"雪"，是团着的"香"和"雪"，前面两字极其巧妙地描绘出杏花的气色，而后面一字则生动地描绘出杏花的姿态，灵动地展示了花朵丛集的繁密景象。再加上前面的"含露"二字，更加生动地展现出杏花的清鲜生气，使人感到春物的娇嫩与芳妍。同写杏花的，唐宋八大家的领头人韩愈曾有此佳句："杏花两株能白红。"这里是说："杏花初放，红后渐白。"意思是杏花开放，兼有红白两色。红色的杏花在暗夜里是看不清的，而白色的杏花在皎洁的月光下，则会显得越发明亮。对于这样的现象，杨万里也曾有诗为此作证："近红暮看失燕支，远白宵明雪色奇。花不见桃惟见李，一生不晓退之诗。"确是如此。

　　接着交代主人公的梦中情节。"绿杨陌"指的是路边并排植有绿杨的大道，这也就是思妇与其心上人告别的魂牵梦绕之地。"多"字运用得极妙，在这里十分客观、公正地描写出因为离别的事情纠结于心头，所以离别的场景总不止一次出现于梦魂中，从这里就可看出，离别之人对离别之事竟是牵肠挂肚、不能忘怀。"灯在"二句写的是大梦初醒时的情景：做了一整晚的离别梦，不知是何缘由突然从梦中醒来，此时思路尚不十分清晰，却只看到帘内的灯依旧闪烁，而帘外，天边的月正朦胧。此时又听到不远处的晓莺正不解风情、叽叽喳喳地叫着，实在惹人心烦。简单几笔，一个境遇迷离、情思哀伤的思妇形象便跃然纸上。"觉来"这一句有两层作用：第一，点名前面所写的"绿杨"一句为梦境；第二，与首句相呼应，将春的美好描绘得更加生动、细致。这句总的来说有"承上启下"的作用，既是对上阕所做的一个完美的收尾，又很好地为开启下阕做了完整的铺垫。

对于这首词的前两句，很多专业领域的诗词研究者也未能达成一致见解：有人认为交代的是思妇的梦境，有人认为是一种倒叙，交代的是妇人醒来后所看到的景象。而刘学锴先生则认为这两句既点名了妇人思春的时节、事件，也为全词的抒情，打下了一个良好背景。这首词的作者温庭筠，是花间词派的重要作家之一。他少年时期便精通音律，善于写浓绮艳丽的诗词，词句语言讲求工炼，格调清俊，在当时是与李商隐齐名的写词才子，更与段成式等二人文笔齐名，有着"三十六体"之美称。

温庭筠的先世温彦博是宰相，家世可谓辉煌。但时运不济，到了温庭筠这一代，孰料家道中落，势力渐微。

温庭筠生活的年代决定了他写词的词风。一方面既继承了南北朝齐、梁、陈宫体的余风，另一方面又创建了花间派词的艳体，开启了民间词转为文人词的先河。写词方面，温庭筠地位很高。他一生写就《握兰》、《金荃》二集，但由于年代久远，再加上一些人为因素，两个词集全部丢失，如今完好保存下来的《花间集》收集其作品共计66首。他的词词风婉丽、辞藻浓艳，现今有迹可循的只剩下 300 多首，词作虽不算广，但却影响了一批花间词人，诸如后世词人冯延巳、周邦彦等。

在这 300 余首的词作中，温庭筠所写的像思妇怀春这样的词不在少数。他的大部分词或是言辞朦胧，或是思维跳跃，或者是两者兼有，透过这种有些独特的写法，读词人如果不稍加以思索，恐怕很难搞清楚词人究竟想要表达些什么。既然毫无头绪，那么可以先从刘先生的解说中试着理解一番：一位女子在白天于路边种着绿杨的地方送别了自己的心上人，因为这种离别的氛围，她的心情一直都闷闷不乐，回到家以后不知做甚，便早早卧床睡去。因为实在思念心上人，所以在梦中又将两人别离的情境再次重复。待到她梦醒之时，起床发现窗外正值破晓，而恼人的就是那不解风情的晓莺，正是它将自己的好梦打扰。"玉钩褰翠幕，妆浅旧眉薄。"很清楚，写的是主人公早晨起床后的一系列活动。"褰翠幕"说的是起床挂起翠色窗幕，由此可推断窗外已大亮。"妆浅"意思是淡淡梳妆。"旧眉薄"说的是早前涂抹在眉毛上的黛已经变淡了。

词人为何要交代这样一个细节呢？我们都知道，古代女子都十分注重妆扮，妇人晨起都会对镜梳妆、贴花黄之类。而此时，眼前这位妇人的旧眉已经淡去却还没有重新描画，其实表达的正是她的慵惰心情。为什么会出现这样的情况呢？是因为春梦醒来，心中好不凄凉、忧伤所致。"春梦"一句详细说明"绿杨"句所写的乃是梦境一场。"关情"表达的是所梦之事，牵系情怀。"蝉鬓"形容女子鬓发打理得匀薄如蝉翼。根据古书记载，蝉鬓极薄，而这里又着一"轻"字，如此可见妇人面容之憔悴、形容之枯槁。这样的情景，绝非一日之功，想必这妇人常常在梦中得遇与心爱人别离的情节，为此长期地忍受着相思的折磨。且只有晨起看到镜子里的自己时，才发觉这一切。而眼前春天又到了，看到窗外一片春意阑珊，她心中该有怎样的一种伤怀之情？虽然作者在这里并没有写明，但从这词的最后一句，读者却也能感受几分。

温庭筠的这首词通体只作客观的描写，从主人公的生活环境入手，对主人公某一时间的活动做一个简单的交代，但却能够令读者从这寥寥的几句之中感受和想象到背后所隐藏着的丰富情感。因此，在阅读这首词的时候，需要一个"由表及里、循序渐进"的过程，第一次阅读的时候可能会感觉晦涩难懂、难以深入，但第二次甚至多次阅读之后，便能一点点体味词中的意境——而这也正说明温词的"深美闳约"。

玉楼长相忆

——《菩萨蛮·玉楼明月长相忆》

玉楼明月长相忆，柳丝袅娜春无力。门外草萋萋，送君闻马嘶。

画罗金翡翠，香烛销成泪。花落子规啼，绿窗残梦迷。

（唐）温庭筠

据记载，温庭筠一共写就十四首《菩萨蛮》词。在众多词作中为何偏偏选取这一首进行赏析？这当然是有原因的。

这首词所要表达的正是一女子在玉楼苦苦思忆，最终导致梦魂颠倒的情景。一句"玉楼明月"点明地点，一句"长相忆"，点明事件。"柳丝袅娜春无力"，点出故事发生在一个暮春时节。此句读罢，只见得眼前一座高楼，楼顶一轮明月，而月下细看，则端坐着一位闺中女子，只见她低眉颔首，一只手轻轻地托着自己的下巴，目光蒙眬，似遥遥地望向那天边的一轮明月。自古望月就有思乡、思离人之意，想必此时此景，这个女子一定是愁怀满腹、心思忧伤吧！

远远看去，楼如白玉，楼外垂柳摇曳，就着天边一轮皎洁的明月，更显出一派清幽之象。月朗星稀，而春风沉醉，这正是春情萌发的大好时光。但在这样美好的景物下，女子的神态却与此形成了强烈的对比。她害相思之苦已久，却迟迟见不到归人，"春无力"三字正道尽在这春情萌发的时节，女子心中的痛苦不堪与无可奈何。

这样的美景，让人不由得会想，那此时正在远方的人儿，会是怎样一番模样？想当初两人送别的场景，"门外草萋萋，送君闻马嘶"。眼睁睁看着心爱之人一步步从自己的眼前离开直至消失，又该怀有一种怎样失落的心情？我们知道"送君千里，终须一别"。面对离别，心情固然是哀怨的，当时，君已远走，眼前唯见满地萋萋的芳草，只偶尔从远处听得几处马的嘶鸣。如此依依惜别，最使离人牵肠。离别只是一瞬间的事，可是离别之后的情思，却令人梦绕魂牵、永不忘怀。跟不舍得道别的人道别了，流淌在心上的疼痛使人无法言语，却只有一声声马嘶撕裂人的心灵，告诉人们：奈何人生，总要离别。

即便是这样，也不能使多情的人有所开悟，离人已去，可是两人一起美好生活的点滴，却仍在眼前：送别君人，女子回到楼上，首先看到了那绣着金翡翠的罗帷，其上绣的是比翼双飞，一对翡翠鸟形影相随。这无比动情的画面更衬托出她的孤独，不禁要发问：连这画屏中的鸟儿都能够成双成对，为何人却落得劳燕分飞？而此时摆在床边的香烛还在小心地燃烧，看上去就像一串串为离别而伤痛的泪水。

温庭筠的词多写花间月下、闺情绮怨，他是历史上第一位专力于"倚声填词"的诗人。他的词向来清婉精丽，备受时人推崇，尤其写闺情绮怨之时，擅长着力于主人公小的生活层面，由浅入深地展现出其内在的思想、情绪。同时，他还擅长选择富有特征的景物，构成独有的艺术境界，烘托人物的情思。——陈廷焯就曾评价此段两句为"字字哀艳，读之魂销"，充分展现了温庭筠这种写词方式的高明之处。

窗内的景象使人心疼，而此时窗外又是怎样一种情景呢？正所谓"花落子规啼，绿窗残梦迷"：女子凭窗远眺，希望能够再看心上人一眼。但她一心期待的景象却并未如愿发生：院子里花落鸟啼，一片暮春的景象，看到那因风而散落于地面的落红，她即刻触景生情，联想到自己的青春，直感觉心头一阵悲凉。

她也不是不晓得那令自己起相思的人儿如今已去了天涯，只是心内也的确不舍分别。更何况，他跨马远行的那一刻，她的心也随着一起上路了，如今她手握半点春色，只剩下一个残破的春梦罢了！

那她是如何意识到这只是一个残梦的呢？——子规啼。原来，正当她一心沉醉于离别的伤感时，却听到了树上子规的叫声。这一声声富有生机的啼叫，拉她回到了现实世界。也罢，到了最后，忧思的情怀总算不是无止无尽。看到此句，像是给人一个希望，让人对眼前的女子多了一份明媚的思索。

　　这首词写的正是离人远行，女子多情。通过简单的景物描写，生动地体现出情景交融。通篇文体虽艳词秀句颇多，但却兼有静谧悠远之美。词中的女子的情绪也并非一蹴而成，而是通过几段词模糊浮动，若隐若现，随着词中景象的变化跳跃着。总得来说这首词虽篇幅短小，但却耐人寻味，别有一番温润、含蓄的滋味。

诉衷情

——《诉衷情·莺语》

莺语，花舞，春昼午，雨霏微。

金带枕，宫锦，凤凰帷。

柳弱燕交飞，依依。

辽阳音信稀，梦中归。

（唐）温庭筠

　　这首诗初念来，像是一个人的窃窃私语，又像是一些无厘头的碎碎念。只开头两句就引带出四种景物，为我们描述了一个春昼、莺啼、花飞、雨洒的环境，而"金带枕、宫锦、凤凰帷"说的则是女主人公室内的豪华陈设，这两句在语境上也没有十分连贯的意思，只像是破碎性地陈列了几种事物。但到了下面几句，情景却突然发生了本质上的转换："柳弱燕交飞，依依。"朦胧中写出了一种孤单的情绪，看到眼前一对蝴蝶翩翩起舞，恍然间惆怅起来，从而触发对征夫的怀念。由此看来，这同样是一首闺妇思念丈夫的情诗。只是她这样感伤、想念那个心上人，却也懂得：这种想念只能是一种思绪，而她想念的人，不会因为这样深刻的孤独就立即回到自己身边，所以接下来才要说"音信稀"，于是便也只好无可奈何地作"梦中归"了。

其实说来，温庭筠写这类型的词并不少，但这首《诉衷情》格外不同，因它背后还隐藏了一个才子佳人的凄凉故事。故事的男主人公当然是温庭筠，而女主人公，就是那个名叫鱼幼薇的才女。

当年，鱼幼薇十二岁，小小年纪就已是长安城内很有名气的小才女，城内的人没有不知道她的。"出口成章，三步成诗"，便是人们对她的评价。二十八岁的温庭筠风度翩翩，才华横溢，作为一名不折不扣的才子，他一直都很欣赏真正有才华的人，于是，我们这个故事的男主人公就这样在命运的牵引下，带着一颗好奇的心，靠近了这个传说中的小才女。

相见的那一刻，月朦胧，鸟朦胧。出现在温庭筠面前的鱼幼薇，纤眉大眼，肌肤白嫩，举手投足之间流露出一派美人风姿，这样的女孩，让大词人不由得眼前一亮，暗生欢喜。

这初见的一刻，他是君子风度翩翩，她也没有过分地娇羞。交谈了一段时间后，温庭筠了解到这个美丽的女孩，竟有一段与她的气质极不相称的可怜身世。他委婉地表明来意，并请小姑娘即兴赋诗一首，想试探一下她的才华。得到女孩许可后，温庭筠来到桌前，提起笔，他忽然想到在来的路上正好看到柳絮纷飞的情形，便痛快拟写"江边柳"三字为题。鱼幼薇以手托腮，略作沉思，稍作片刻便在一旁的白纸上飞快地写下几行字。

待毕，温庭筠来到桌前看，只见白纸黑字正写的是："翠色连荒岸，烟姿入远楼；影铺春水面，花落钓人头。根老藏鱼窟，枝底系客舟；萧萧风雨夜，惊梦复添愁。"

温庭筠读罢，不禁感觉心头一紧。以他多年的创作经验来说，这首诗不论是遣词用语还是平仄音韵，甚至是意境诗情，都算得上是一篇佳作。联想到这样优美的诗句竟是出自于身边这个不足十三岁的小姑娘之手，温庭筠顿时感到由衷地叹服。当即，他决定收下这个天资聪颖的女徒弟。从这以后，温庭筠经常出入鱼家，他不惜一切地专心指导小幼薇作诗，俩人的关系一天胜似一天。

但这样美好的相处竟是不长的。很快，温庭筠就离开长安，独自去了南方。岁月流逝如水，时值秋天叶落满地，鱼幼薇为表达对远方人的思念，挥笔写下一首五言律诗《遥寄飞卿》："阶砌乱蛩鸣，庭柯烟雾清；月中邻乐响，楼上远日明。枕簟凉风著，谣琴寄恨生；稽君懒书札，底物慰秋情？"

此时此刻，她心里显然明白，自己对待温庭筠已经不单只有徒弟对师傅的感激之情，冥冥中，似有一种更亲密、有力的力量，使她的心想要靠近。温庭筠不是不懂这种复杂的感情，但也许是因为二人之间相差了十六个春秋，他始终站在一个长辈（师长）的位置上，关心和怜爱鱼幼薇，丝毫不敢跨越雷池半步。

不见雁传回音，转眼就到了冬天，梧桐叶落，长安城迎来了这年的第一场大雪，鱼幼薇仍旧思君心切，提笔又再写出《冬夜寄温飞卿》："苦思搜诗灯下吟，不眠长夜怕寒衾；满庭木叶愁风起，透幌纱窗惜月沈。疏散未闲终随愿，盛衰空见本来心；幽栖莫定梧桐处，暮雀啾啾空绕林。"

温庭筠自然能够读懂这字里行间的思念之情，倘若当时他还以柔情万种，那鱼幼薇或许就会成为温夫人，但他经过一番郑重的考虑后，却仍旧故意不作任何表示。

唐懿宗咸通元年，新皇初立，温庭筠觉察到这是一个重新发展仕途的好机会，于是便从南方回到了长安。此时，距离他与鱼幼薇当年的分别，已经两年。两年的光景，温庭筠依旧是那个相貌堂堂、才华横溢的词人，而鱼幼薇却长成了一个婷婷玉立、明艳动人的少女。师徒俩很久没有见面，定是有很多贴心的话要说，尽管彼此都懂得对方心里的情意，却依旧维持着正常的师生关系。

这天，温庭筠依旧像两年前一样，来到幼薇家中。

他一进门，就被少女鱼幼薇拽住了衣袖，两人急急忙忙地来到院子的一旁，温庭筠看到三棵柳树笔直地站在面前，正疑惑时，忽然听到面前的少女发问："你知道这三棵柳树分别叫什么名字吗?"温庭筠摇摇头。鱼幼薇的脸庞微微有些涨红,她此时正深情地凝视着温庭筠,一字一句地回答说:"你听清楚了,它们就叫'温'、'庭'、'筠'",说完就将他的手臂飞快地拉进自己怀里。温庭筠被这突如其来的一幕吓到了,连忙抽出手,撒腿就跑。这个没有恶意的动作,深深地伤害了一脸真诚的鱼幼薇。

很快,温庭筠再一次离开长安,只身去了南方。她仍旧写了无数封情书给他,但依然没能得到任何回音。渐渐地,时间长了,这段感情也就不了了之。

二十岁这年,上鱼家提亲的人踏破了门槛,鱼幼薇看在眼里,却都不放在心上。她以为,这些年轻的公子哥真正喜欢的只是她的美貌,更何况她此时还未曾全然放下心上那个人。是的,她依旧等待着两人重逢的那天。

也许是上天体谅她的一片相思之情吧。辞别多年,温庭筠终于又再次回到了长安。朝思暮想的心上人如今就在眼前,鱼幼薇感到有些激动,但她万万没想到的是,这个脸上带着明媚笑容的男子,却带来一个石破天惊的消息:他已经结婚了。

也是这时,她才注意到,在他的身边还站着一个陌生的男子。此人名叫李亿,是他很好的朋友。当日他衣冠整洁,温文尔雅,怎知日后却为她带来一段别样的人生?

既然心上人已成家,鱼幼薇便也不再纠缠。她渐渐将注意力投

向了李亿。此人出身名门望族，三十多岁，事业小有成就，加上又
是温庭筠的好友，鱼幼薇自然感觉亲切一些。但就在她付出真心的
那一刻，也注定了她爱情的悲剧。原来这个李亿也是有妻室之人，
他一方面惧怕于妻子的严厉，一方面又舍不得鱼的温存，整日周旋
在两个女人之间，用甜言蜜语将鱼幼薇哄得云里雾里。

后来，在了解到事情真相后，鱼幼薇勃然大怒，但她心思柔软，
还是委屈自己在他名下。直到多次遭到李亿正室的辱骂、殴打，甚
至被懦弱的李亿休掉。

从那一刻，世上再无才女鱼幼薇，却多了一个法号鱼玄机的女
道士。踏出红尘，她面对李亿，早已无话可说。

世界有时很可笑：作为红尘才女的鱼幼薇，对爱情一片痴心；
可作为女道姑的鱼玄机，不知检点，发誓用自己的才华与出色的相
貌，报复一切男人。

她收了几个女弟子，并且在道观门口贴出告示，说愿与天下风
流才子切磋诗文，排遣寂寞。因名声在外，所以前来切磋的文人子
弟甚多，其中不乏有动机不纯的。

一时间，道观门庭若市。这一天，道观迎来一位故人。鱼玄
机看到此人，当即眼眶湿润，原来此人并非别人，正是自己曾痴
迷的温庭筠。他来劝她："不要再这样下去，再这样下去你这辈子
就毁了。"

鱼玄机不知说什么，于是她背过身去，只留给来人一个冷漠的

背影。只听得一声沉重的叹息，再回头，那熟悉的身影已经不见了。"别叫我鱼幼薇，鱼幼薇已经死了。"她咬着嘴唇，小声喃喃地，像是对自己说。

温庭筠的劝告没能及时拯救她。最终，因为同女徒弟之间的一个冲突，让鱼玄机走上了刑场。

行刑的这一夜，奇迹般地，温庭筠失眠了，他找出钟爱的笛子，对着窗外皎洁的月光吹奏了一曲唐玄宗创作的《诉衷情》。他吹了一遍又一遍，总觉得意犹未尽，最后起床展开纸张，挥毫泼墨，按《诉衷情》的调子填写了这首词："莺语，花舞，春昼午，雨霏微。金带枕，宫锦，凤凰帷。柳弱燕交飞，依依。辽阳音信稀，梦中归。"词罢，词人泪洒案头。黎明时分，他收拾包裹，奔赴辽阳。

最后一次见鱼幼薇，是她在断头台上正欲行刑时。此时此刻，伊人早已泪眼朦胧，他亦是老泪纵横，在刑场嘈杂的人群中，他望着她那张熟悉的美好的脸庞，突然听到她声嘶力竭地冲他喊道："此生，易求无价宝，难得有心郎。"

随着"咔嚓"一声响，这个才女痴情才子的故事，落下帷幕。

诉衷情，然而知心人已去，心中的这份衷情不知能诉说与谁人听？我想，温庭筠在鱼幼薇死去之后，内心一定非常地痛苦与挣扎。试想，如果当日他坦然接受了她的示爱，两个人从此长相厮守，挚爱终生，又何以出现这样的悲剧？虽然中途，温庭筠作为她的师长，也曾好言相劝，但殊不知对于一个女子来说，一个男子所能赠与的最美好的事情，非他的人生与爱不可。可是她知道，她懂得，他不能。在他心里，也许亦是很喜欢鱼幼薇的，但却始终无法突破封建社会对自己所下的那层心魔和障碍，于是他自始至终，一直都是拒绝的姿态。不禁要问，这真的是造化弄人吗？既已爱上，又为什么不干脆大大方方地在一起？

　　也许，人们现在看来，两个相爱的人只要真心在一起，年龄根本不算任何问题，也不可能成为阻碍两人相守一生的根本缘由。

　　结局也只是如此了。他们没有在一起。

　　只是不知道，如若上天再给温庭筠一次机会，他会做出怎样的选择？

洛阳愁绝

——《清平乐·洛阳愁绝》

洛阳愁绝，杨柳花飘雪。终日行人恣攀折，桥下水流呜咽。

上马争劝离觞，南浦莺声断肠。愁杀平原年少，回首挥泪千行。

（唐）温庭筠

进入这首词，首先进入的是一种风景。这首词，带人们来到美好的春暮时分——当时正值洛阳城杨花柳絮纷飞，词人置身其中，备感惆怅。这是为何呢？一切皆因古人有一个不成文的规定：折柳枝，以赠送远行人。

这首词写的正是平原少年，远行惜别。只是乍看这一首，不管是在遣词或是意境的勾勒上，都比之前的温词有了本质上的改变：温庭筠写词向来绮怨柔弱，但这首词通篇却透露着一股深刻的悲壮，算是他的作品中少有的展现男儿悲壮情怀的词作。

"洛阳愁绝，杨柳花飘雪。"在这个随处飘洒着杨柳花的时节，我在洛阳城里，与亲爱的友人送别。按照古人的风俗，送别友人需折柳枝相赠，所以我折断了桥头低垂到眼前的这一段，将饱含着不舍深情的柳枝亲手递到友人手中。桥下，此时此刻，彷佛流水也像读懂了我依依惜别的心思，竟不知不觉伤心地呜咽起来。温庭筠将自己对友人的一片赤诚之情，巧妙地融于岸边的垂柳、桥下的水流，借描写身边的景物来衬托自己对友人不舍的心情，实乃生动、形象，勾画出一幅惜别的有情图，栩栩如生，尽现眼前。

"送君千里，终须一别。"柳枝也送了，临别的嘱托也已道尽，终于到了不得不分别的时刻。此时，朋友们围着那将要上马启程的人，纷纷劝告饮尽杯中酒。少年于是痛饮一杯，跨身上马，然而正是在那一刻，忽然感觉到，别离滋味又在涌上心头：一旦离开洛阳，自此与各位好朋友分别，此去天涯海角，当是何等地牵肠挂肚。想到这里，忽然听到一阵清脆的黄莺啼叫，叫声凄厉，似声声劝人留下，直听得肝肠寸断，不忍真的离去。于是便唯有"回首挥泪千行"。只见他离愁万种，独自骑在马上，步步回首，频频挥泪。泪光中，桥边友人们的脸渐渐模糊，那时那刻，谁知他心中真实的痛楚？眼泪是擦不干的，友情是这般难以割舍，但终须离去，带着这剪不断的情感，决绝离去。温庭筠只用几个简单的场景，为我们演绎出了一场难舍难分的悲壮情怀。

因这首词通体毫无脂粉之气，曾有人称赞其"悲壮而有风骨"，因此推测这是词人在仕途不顺、被贬之时所作。世人皆知温庭筠写词"婉雅清丽"，然而这首词却是个例外。

通过一系列具象的事物，诸如"花飘雪""水流呜咽""莺声断肠""挥泪千行"等，将友人之间那种难舍难分的情境真实地再现，感人至深。特别是当平原少年无可奈何地挥手泪千行时，全篇的悲壮之情达到一个高潮，正如前人所评说的："悲壮而有风骨。"

燕赵之地，地杰人灵。自古以来多出慷慨悲歌、热血尚义的正义之士。其中尤以赵国的平原君名气最大，他为人耿直不屈，好仗义疏财、救人于危难困苦，与齐国孟尝君田文、魏国信陵君魏无忌、楚国春申君黄歇合称"战国四公子"。

燕赵之民讲气节，重承诺，轻生死，质朴厚道。好酒、好歌、好结拜，燕赵之风就是一杯烈酒，一曲豪歌，一群生死之交，一副铮铮铁骨。

然而有着再深厚感情的朋友，也终有分别的一天，正所谓"天下无不散之筵席"，欢乐趣，离别苦，多情自古伤离别，这是人之常情。同写离别主题的还有唐人郑谷，他在《淮上与友人别》中写道："扬子江头杨柳春，杨花愁杀渡江人。数声风笛离亭晚，君向潇湘我向秦。"意写友人江畔临别，杨柳生愁，风笛数声，读来别有一股诉说不尽的伤感，又有一种决绝斩断愁绪的男儿性情。

"愁杀平原年少，回首挥泪千行"一句被称赏为"洵情至语也"。由此可见，温庭筠也不全是一个轻薄的浪子。虽然他生平喜好追逐管弦之音，喜欢写侧艳之词，但他也有慷慨悲壮的一面，也有不足与外人道的苍凉心境，也有流水莺声愁断肠的悲伤情怀。

帘卷玉钩
——《南歌子·似带如丝柳》

　　似带如丝柳，团酥握雪花。帘卷玉钩斜，九衢尘欲暮，

逐香车。

（唐）温庭筠

　　词，大多数时候是在描述事实，但更切实的，是在描述一种氛围。温庭筠的这首词让我们看到了一场爱情。此词描写的正是一男子追慕一女子的美妙情景。那么，他心上的女子有着怎样的一副美貌呢？"似带如丝柳，"写得是心上之人有一个手可盈握的纤腰，就好像柳条一样婀娜。"团酥握雪花。"写女子的皮肤细腻白润，如雪如酥。读完这两句，一个"似带如丝""团酥雪花"的美丽女子跃

然纸上，不禁让人感叹，原来他心上的女子是这样的倾国倾城啊！她有着杨柳一般婀娜多姿的身形，也有着雪花一样丰润光洁的皮肤。这样美妙的女子，怎会让人不心生怜爱？

那么，男子是在怎样的情形下见到自己的心上人的呢？见到她的时候，眼前又是怎样一种情形？"帘卷玉钩斜"等三句揭示了标准答案：他像往常一样游走在街头，突然看到对面行驶来一辆装扮华丽的车子，车帘卷起，玉钩斜悬，里面坐着一个倾国倾城的美娇娘。就是在那么不经意的一个瞬间，他透过斜着的玉钩，看到了一个若隐若现的婀娜身姿。于是，爱情就这样降临。他流连忘归，时近暮色。眼看着香车越走越远，可他还在一步步、用心地追逐着。

整首词只有短短五句，却将一个美好的女子、一个突然遇上爱情的男子以及男子追慕心上人的激动心情，完美地呈现在我们眼前。

温庭筠写词常常艳丽，但在写爱情时，通常以小事物牵动大情感，诸如这篇。通篇没有写轰轰烈烈的爱情举动，却从极小的物件、行为上，深刻表现了一个男子对一个女子的爱慕之情。怪不得夏承焘曾这样评价温庭筠写爱情的词：比起词人韦庄，词作仍是婉约含蓄。

然而这婉约含蓄品味起来，却更有一番深意，你觉得呢？

独望江楼

——《梦江南·梳洗罢》

望江南

梳洗罢，

独倚望江楼。

过尽千帆皆不是，

斜晖脉脉水悠悠。

肠断白苹洲。

（唐）温庭筠

　　温庭筠被人称为是"花间鼻祖"。他的词大部分描写闺情，音律和谐，风格明艳、精巧，对词的演变和发展做出了相当大的贡献。

然而除了绮丽，温庭筠的词作中也不乏明快之作，这首《望江南》就是其中一首很有特色的代表作。

首先，这是一首深表相思之情的词，说的是一位女子因其心上人远行独处深闺的生活状况。不同于其他写此类的词，这首词不单单是一个女子思念心上人的哀怨，更兼有一种希望在其中。经过了漫长的等待，终于一点点迎来心上人的归期，于是女子心情大好，一大早便来到镜子前梳妆，顾影自怜，将自己细致地打扮一番。这两行简洁的文字，为人们展现一个女子因迎接心上人归来的窃喜心情，真实而具体地展现了一位恋爱中女子的可爱心态。然而，她的一番希望最终还是落了空，精心的装扮并没有等到那人的回归。残酷的现实将她推向了比相思更为伤人、更令人煎熬的境地。

伤怀的人总是爱沉思的，一边遥望远方，一边深深地思索。于是，我们眼前便出现了这样一幅多彩的艺术画卷："独倚望江楼。"江是背景，楼是主体，焦点是独倚的人。此时的女子，拥有极其复杂的思绪，她的心境是随着时间的流逝，渐渐发生改变的。从最初登上楼层，心情振奋、满怀希望地望着远方，到时间过去久不见梦中人出现，心情由喜悦转为焦虑，更有对往日情怀的深沉追思……一个"独"字充分地展现出她等待得用心，等待得用力，以及对远处所赋予希望之深刻。试想，世间之大，喧闹却是在别处，而此处，唯有一个备感孤独的女子，正倚靠着高楼，满心期待地等待心上人——她此刻的内心世界，正由无语独倚的画面展露出来。

那么，她最终等到那个一心惦记的人了吗？故事的最终结局只是一句"过尽千帆皆不是"。对比之前两句兴奋梳洗的句子，词句渗透出一股浓浓的凄凉之意，俗语说，"女为悦己者容"，一个女人积极梳妆就是为了讨好她心底那个人，可是最终却等来这样一个令人失望的结果。她的用心打扮、她的满心期盼，在此时通通扑了个空，怎让她的心里不感到难过？

然而远处，船尽江空，她带着破灭的幻想，只看到眼前的"斜晖脉脉水悠悠"，原本，落日流水都是毫无生机的自然之物，但因为她情绪上的孤寂和失落，这两种事物却变成了一种愁绪，久久不能散去。她心底的痛苦成功地转嫁到眼前的景物之上，令这些景物也自然而然地蒙上了一股淡淡的哀伤！——远处的斜阳将落不落，似乎对她产生了一种深切的怜悯；而楼下滔滔的江水也似乎能够读懂她的心事，默默地流向远方。

温庭筠不愧是由写景物展现人物情绪的高手，通过这几个简单的词语，充分展现了这位女子独自一人倚楼凝眸，望着楼下滔滔的江水，久等她心上的人儿，从一天的日出到日落，从情感上的希望到失望乃至绝望，入木三分地刻画了这位女子的不幸。

到这里，整首词既有了景物的描绘，也有了女子感情的抒发，只最后点了一句"肠断白苹洲"。很显然，白苹洲是一个地名，但这个地方究竟在何方？俞平伯先生说不要"过于落实，似泛说较好"，这是一种极为贴切的解释。不过，就温庭筠的这首词来看，当时所指明的，应当就是一个具体名叫白苹洲的地方，是实写。但如俞平伯先生所说，假使将这个地方当成可以是世界上其他任何一个地方，则意味更耐人寻味。

像这样一个痴心女子等待良人，结果人不归来的事情太多了。由此，这样的事件不是只发生在现下一个地方，而是在不同时间上演于不同地点。如此多痴情的女子、如此重哀怨的心情，此时读来这首词，不免感到心中叹息！

更何况，这一首小令，从头到尾，情真意切，生动自然，没有丝毫矫揉造作之气。虽词的开头写了很多具体的、客观的事物，但也正是通过这些事物，极真实地表现了女子的心境变化。景物与人物情绪，在这首词中完美地交织，相互渗透，浑然一体。

本小词风格清新、明快，虽字数不多，但却包含了很多内容：在时间上，从清晨写到黄昏；在景物上，描写了楼头、千帆、斜晖、江水等；在人物内心情感上，从一开始的满怀希望写到失望直至最后"肠断"。景物与人物的情感相互交织，皆有层次变幻，将一个少女等待良人的全程，真实、完整地记录下来，实乃一篇佳作。

早求仙

——《女冠子·含娇含笑》

含娇含笑，宿翠残红窈窕，鬟如蝉。寒玉簪秋水，轻纱卷碧烟。

雪胸鸾镜里，琪树凤楼前。寄语青娥伴，早求仙。

（唐）温庭筠

这首词一如既往地继承了温庭筠用词艳丽的写作风格。"含娇含笑，宿翠残红窈窕，鬟如蝉。"很显然，这里写的是一个带着娇态，面含微笑的女子。具体写她什么呢？写她脸上那隔夜的翠眉已薄，脸上的胭脂也已淡去，而整个人却仍然显得十分俊俏美丽。在古时，"窈窕"一词常用来形容女子容颜靓丽，身姿婀娜。由此可见，这是一个百分百的女娇娥。

那么，这样天生丽质的人儿，身上有着怎样的打扮呢？"寒玉簪秋水，轻纱卷碧烟。"她头上所佩戴的玉簪晶莹剔透，就像是深秋夜里的水一样澄净；而她身边披着的则是一件薄如蝉翼、轻若轻纱的衣裙。通过这样的描写，一个身姿婀娜、风情万种的女子，便彻底展现眼前。

那么，她此时此刻有着一种怎样的姿态呢？"雪胸鸾镜里"，写她身姿娇俏地站在一块镜子前，微微地露出那白如雪的胸脯。在这里，"鸾镜"一词背后尚有一典故：范泰在其《鸾鸟诗序》中写到这样一个故事——很久以前，有位罽（jì）宾王偶然获得了一只长着五彩羽翼的彩鸾鸟，他很想听这只鸟的鸣叫，但使用了好多种办法，都没能实现。一天，他的夫人了解到丈夫的这一想法后，就给他出了一个主意：在这只大鸟的面前置放一面大镜子。王照办，果然，这只从镜子里看到自己的鸾鸟，忽然大声啼叫起来，叫声凄凉且连绵不绝，不久它就悲壮地死在镜子面前。为了纪念这只大鸟，从此这面镜子便叫做"鸾镜"。

而此时此刻，词中这位长相一流、身姿超群的美丽女子，正"琪树凤楼前"，意思是像一株笔直的琪树，亭亭玉立地站在凤楼之前。同"鸾镜"一样，所谓的琪树背后也有一个有趣的说法。这种树可不是寻常百姓家所种植的最普通常见的树木，而是李绅于《诗序》中提到的唯有仙家才有幸拥有的树木。传说这种树垂条如弱柳，一年绿，二年碧，三年红，是以生存年份越久，颜色越发纯净、可爱。而凤楼同样也是只有仙家才有权栖息的地方。由此看来，这个女子周遭裹挟仙气，她的美不单有着倾国倾城的表象，更由内而外地渗透着一股仙家之气，绝非寻常女子所能比拟。

写到这里，人们不禁要问，世上竟有如此美丽的女子吗？而这样美丽的女子，究竟是何许人也？"寄语青娥伴，早求仙"一句点出了女子的身份，她原来是一位气质非凡的女道士啊。

原本这一句所要表达的是女青娥内心的期盼。她希望自己的另一伴，早早求成仙，最终跟自己走上同一条路。

既然是一位女道士，却为何又有了伙伴，并且还对人家寄了如此深厚的希望？这里正说明，这位容貌俏丽的女道士，并没有完全了却心中的情缘，她还是心向红尘，渴望获得一段完美的男欢女爱，由此才会有此一出。正是本词的最后两句，简单、直白地点明了她的怀春之情。所谓"早求仙"，其实是以进为退，婉转地描写出女道士深藏在心中的万种柔情。一切就如汤显祖所评："新妆初试，当更妩媚撩人，情语不当为登徒子见也。"总而言之，虽然温庭筠的这首词在思想上没能到达一定的深度，但从艺术表现手法看来，也还是有可取之处。这种有些"蒙太奇"的写词手法，从某一方面展现了温词的美学特质。

苏小门前

——《杨柳枝·苏小门前柳万条》

　　苏小门前柳万条，毵毵金线拂平桥。黄莺不语东风
起，深闭朱门伴舞腰。

（唐）温庭筠

　　这首词，温庭筠主在写柳，这是一首咏物小令，通篇写柳条飞
扬的姿态，用词传神，写活了柳树。

　　既是写柳树的词，一定免不了进行一番对比，作者尚有另外一
首写柳树的词，名为《杨柳枝·宜春苑外最长条》，两首词对比起来，
所描写的具体的柳树不同，写的地点不同，因此内容上也就有所差
异。但温庭筠的艺术风格则是统一的，即婉约、含蓄、绚丽。

现在，就让我们跟着词人的笔调，前去他描写的西湖风情里游走一番。苏小小家门前栽种了很多低垂的柳树，到了春日时节，一棵棵柳树的丝绦千条万条地垂钓在西湖水面，远处的西湖美景便在这细细长长的柳丝中，若隐若现。虽然，在这里实写的是柳树，但其暗指的却是作者很羡慕西湖歌妓苏小小的生活状况。

江南自古多名妓，钱塘的秀山媚水就曾涌现了一批才貌双全的青楼名妓，苏小小就是其中一个。她原本出生在钱塘一户家境殷实的人家，家中长者曾为官，奈何世道混乱，晋亡后一家人逃难来到钱塘一带。当时，苏家尚且有一些积蓄，初来乍到，他们一家人决定以做些小买卖为生。苏小小的父母，就这样成为一代富庶的商人。因为小小是家里的独生女儿，所以从小就受到了来自父母无微不至的照顾。而她之所以会取名为"小小"，也是因为自小长得娇小玲珑，十分讨人喜爱。苏家不但是有名的富商家庭，更深受书香熏染，因此苏小小从小就十分热衷读书，她天资聪颖，能书善诗，很有才华。但上天却不肯给这个可爱的女孩一个美满的结局，在她长到十五岁之时，父母不幸双双去世，只留下她一个人，孤苦无依，甚是可怜。

失去了双亲的苏小小，独自一人生活在硕大的庭院，她的心中无限凄凉。由于睹物思人，她不能忍受这伤感的情绪，便变卖家产，带着乳母贾姨来到了城西的西泠桥畔。当时，苏小小已名声在外，很多人听说她新来此地安居，便从附近赶来，求约见。在这众多人之中，小小爱上了一个名唤阮郁的贵家公子，两人感情甚好，形影不离。

然而，这对有情人却注定是苦命鸳鸯。由于小小当时已入青楼，成为歌妓，虽然她卖艺不卖身，仍旧生性纯洁，但外面的人哪里肯真的相信她的冰清玉洁？不久之后，当阮郁的父亲得知自己的儿子跟妓女厮混的消息后，不由大发雷霆，立即差人将儿子绑回家中，从此不许两人有任何来往。

这可害苦了痴情的苏小小，自从情郎离去，她整日忧心忡忡，时不时扑向大门外，去看她的情郎是否回来。然而，流光飞逝，转眼一月过去，她什么都没等到。她不甘心，继续全心全意等待心上人，这一执着，就是一年春秋。渐渐地，她失望了，虽然她不相信情郎是个薄情之人，会这么快就将自己忘记，但人海茫茫，两人又无书信来往，她心里只感觉深深地失望，终于气息不畅，卧病在床。

正在她经历苦难之时，遇到了一个上京赶考的书生，此人名叫鲍仁，因为盘缠短缺，停在半途。苏小小实乃一位有情有义的女子，她当即变卖自己的首饰，帮助这位书生凑足盘缠，让他上京去了。

没能想到的是，还未等到这位书生再次感谢，苏小小便因为感染风寒，最终体质虚脱，一夜之间香消玉殒，当年她只有24岁。鲍仁来了，他金榜题名，顺利地考取了功名，当他依职务之便，千里迢迢来到杭州探望苏小小时，却不想只赶上了她的葬礼！当即，他抚棺大哭，将小小安葬在了西泠桥附近的一处山水之地。从此，佳人魂魄，与青山碧水相伴永生。

后来，这里迎来了很多钱塘的文人骚客，人们自愿来此凭吊，当地人甚至为此专门修建一座"慕才亭"，亭上题写一副楹联：千载芳名留古迹，六朝韵事著西泠。

苏小小的故事荡气回肠，与文中春柳交织一起，更使春柳镀上一层可叹、可怜的韵味，这也正是西湖之柳的独特之处，因别处断然没有这样优美的风情。苏小小的故事固然可叹，她门前的柳树更是独特："黄莺不语东风起，深闭朱门伴舞腰。"陆游曾写《晚行湖上》："高林日暮无莺语，深巷人归有犬随。"想必这是这样一种美妙的景象：夕阳西下，阵阵晚风吹来，苏小小家朱红色的大门早已紧闭，四下寂静无声，唯有春风吹起，柳枝纷飞，别是一番轻柔景象，看起来就像是一位细腰美人在跳舞。

品读这首词，应当讲求一定的意境。唯有深刻理解此处景与人的统一，才能在柳枝中寻觅一代名妓苏小小，以及透过苏小小的身姿更懂得柳树的丰姿。尤其是那一句"深闭朱门伴舞腰"，不但写到柳树的可爱姿态，更描写了古代女性美丽的腰肢，景物与人相互结合，方才形成一个丰富、有趣的意境。读者可从作者咏物写人这一创作手法中，客观地体会作者所寄托的情感。值得关注的一点是，温庭筠在对色彩的准确把握，在这首词中也有极好的体现，比如朱门、黄莺、金线，三者叠加一起，有很强的视觉冲击力，使读者眼前一亮。

别天仙

——《天仙子·晴野鹭鸶飞一只》

晴野鹭鸶飞一只，水蕻花发秋江碧。刘郎此日别天仙，
登绮席，泪珠滴。十二晚峰青历历。

蹋躅花开红照水，鹧鸪飞绕青山嘴。行人经岁始归来，
千万里，错相倚，懊恼天仙应有以。

（唐）皇甫松

这首词写的是刘郎在天台山遇神女的事，截取一个离别的场景，
泼之笔墨，用以表达内心的情感。

既是遇到了神女，那是在怎样的情境下遇到的呢？

晴空万里，眼前是一片宽阔、碧绿的江水，而江边此刻红色的

花朵开得正艳。正是在这样一个极致美丽的场景下，刘郎遇到了同样美丽的女神。分别之时，先是一只鹭鸶飞起，既是离开了这团美丽和谐的画卷，也暗示着刘郎与女神的相互道别。

鹭鸶是一种体长一尺许，羽色纯白，嘴长而尖的鸟儿，它的头部后端长有长长的白色羽毛，背和胸部也都有蓑毛饰羽，因其捕食鱼类，因此又被称为"白鹭"。杜甫《绝句》中所提到的"一行白鹭上青天"中的白鹭，指的就是这种鸟。鹭鸶飞起的季节是初秋。秋天总是一个伤怀离别的时节，刘郎自与神女分别之后，独自一人行至山野中，恰好看到了白鹭起飞的身影。那一刻，与女神相道别的往事又浮上心头，不由得使他的心中感到一丝难过。

白鹭常出现在水中，很多诗人的诗句里都少不了它的影子，比如王维曾写："漠漠水田飞白鹭"，李绅曾写："碧峰斜见鹭鸶飞。"对比这些经典的诗句，本诗中的"飞一只"，是在特意强调孤单、离别。

刘郎眼前的情景，有水中突然腾飞而起的白色鹭鸶，有水边尽情绽放的红色花朵，两种色彩对比起来，勾勒出一个明艳动人的彩色世界，然而他却无暇欣赏眼前的美景，皆因他的心思一直都停留在伤感的分别之中，由此可见，他的心情是很糟糕的。

果然，下文写道"刘郎此日别天仙，登绮席，泪珠滴"，着重写出了刘郎的不舍之情。因其对"天仙"临"绮席"最终导致自己"泪珠滴"，这是分别时人物情节的细化。几个异常简单的词句就很直白地点出当时刘郎的思归的心情是多么热切，而面对离别，他的心里正经历着怎样的挣扎，以至于伤感、痛苦、不忍这许多情绪，最终只用"泪珠滴"三字了之。

我们都知道，情到深处尤泪落，一个人对待一个事物或是一个人究竟到达如何境地，非眼泪不能表达，因此，这里虽只写到三个字，却将一切的情绪全部包含其中，生动地描写出刘郎对女神的依依不舍。同样的还有柳永所写"执手相看泪眼"之"执手"，同样是一句话都没有言说，却用一个动作表达了内心深处的所有情绪，不仅真实，而且深刻。

皇甫松，晚唐文学家。睦州新安（今浙江淳安）人。早年科举失意，多次赶考，结果都未能如愿走上仕途。后来，也许是心里失落，干脆选择隐居。他以写词著称，在晚唐词史上占有举足轻重的地位，其词分散收录于《花间集》、《梦江南》以及《采莲子》中。

他的词，诸如如《浪淘沙》、《杨柳枝》等，形式同五、七言诗，笔致清灵，情境优美。对此，后人曾作赞美之词，王国维《人间词话》称其"情味深长，在乐天、梦得上"。陈廷焯《白雨斋词话》也说："皇甫子奇词，宏丽不及飞卿，而措词闲雅，犹存古诗遗意。唐词于飞卿而外，出其右者鲜矣。五代而后，更不复见此笔墨。"

这首词词句亦是精美之作。几句话勾勒出刘郎的心头之殇，哭过后便只剩"十二晚峰青历历"。关于十二峰的记载，古已有之，诸如李端《巫山高》中曾言："巫山十二峰，皆在碧虚中。"明陈耀文

《天中记》曰：巫山十二峰为望霞、翠屏、朝云、松峦、集仙、聚鹤、净坛、上升、起云、飞凤、登龙、圣泉。虽然古时候对十二峰的名称没有一个标准统一的说法，但十二峰峰姿挺拔，惹人关注，这却是不可改变的事实。

这句话写的是怎样的情景？写的正是刘郎自与女神分别后，独自行走时的一路见闻。这里同样是写景，但与开头对景物的描写，截然不同。开头所写的景象，是主人公刘郎心中的景象，并非是主人公亲眼看到的景象；而这里的景象，则是主人公行走在路途中，亲眼所见的景象，不但入眼，更加入心。情人已别，不管心中想念之情如何之甚，如今眼前只有青峰历历可数，足见伤怀之情，遍布全身。

忆西子

——《杨柳枝·烂熳春归水国时》

> 烂熳春归水国时，吴王宫殿柳垂丝。黄莺长叫空闺畔，
> 西子无因更得知。春江一曲柳千条，二十年前旧板桥。
>
> 请君莫奏前朝曲，听唱新翻杨柳枝。炀帝行宫汴水滨，
> 数株残柳不胜春。

（唐）皇甫松

一句"西子无因更得知"，点明这是一首咏西施的词，词中饱含着作者对她深切的同情。

西子是一代佳人。生于越国，长于越国，却因为年轻貌美，做了政治牺牲品，这故事人人皆知，但其中的深意，却并非人人都能

懂得。若非仔细聆听她的故事，又没有认真研究她的故事，就很难弄懂一代名佳人西子的心事了。

在这首词中，作者首先为我们展开一个美妙、清幽的南国环境：春光烂漫，吴宫垂柳，一切又像回到了那个西子置身的年代。在对南国春日的描写上，李白有一首诗可谓有异曲同工之妙："旧苑荒台杨柳新，菱歌轻唱不胜春。"描绘的是当时苏台的美妙景象。

正是在这样一个美妙的季节，闺中少女西施被国家委以重任，献给了吴王夫差，从此远离自己的家乡，远离了清晨黄莺那阵阵清脆的啼鸣。唐人杜荀鹤《春宫怨》诗尾句曾写："年年越溪女，相忆采芙蓉。"生动地描写了越女小时候，赶往水边采摘芙蓉的欢乐场景。如果西子小时候果真过着这样一种欢快的生活，那么当她被关进那个未知的国度，充当别人的妃子，无疑身心都是痛苦的。

西施原名夷光，战国时代越国苎罗山施姓人，因其家世代居住西村，所以叫西施。

当时，吴王夫差率领一队兵马，直攻打进入越国，一切都是为了报他的杀父之仇。最终，越国战败，越王勾践做了战俘，越国大夫范蠡跟随越王夫妇到吴国做奴隶。在吴国，勾践卧薪尝胆，终使夫差大意，最终放他们回到了越国。勾践一回国，就发誓一定要血洗这笔耻辱。为此，他精心策划和准备了十年，终于在发兵的一瞬间，得偿所愿，彻底消灭了吴国。期间，他听从了范蠡建议的美人计，将越国的美女西施献给吴王夫差，这女子不但拥有国色天香，更懂得高超的琴棋歌舞，因此不负众望，让吴王整日沉迷于酒色，不理朝政，最终，在她积极的配合下，帮助勾践实现了他的灭吴大计。西施也因此成为一个爱国爱民的、美貌与智慧并存的古代女子，关于西施的这段传说也就由此世代流传。

"请君莫奏前朝曲，听唱新翻杨柳枝。"直接指出《梅花落》《招隐士》这两个曲子都是前朝的作品，不要再奏了，现在还是来听我重新填写的《杨柳枝词》吧。

《折杨柳》原本也是乐府旧曲。乐府横吹曲中就有这首曲子，而鼓角横吹曲中则包含有《折杨柳歌辞》《折杨柳枝词》，其歌辞大概来源于汉魏六朝时期，诗词全部是用五言古体写的。到了唐代，有很多大诗人都曾写过《杨柳枝词》，比如白居易、刘禹锡、李商隐等，他们的作品都是采用七言近体的七绝形式来创作，虽然内容依旧是写杨柳，但形式上确实取得了突破性的进展。

白居易曾写就八首《杨柳枝》，其中有一首是这样写的："六么水调家家唱，白雪梅花处处吹。古歌旧曲君休听，听取新翻《杨柳枝》。"而皇甫松一共写了九首《杨柳枝》，正好是与白居易的唱和之作，所以他的第一首诗歌《塞北梅花》，不管是在构思上还是在造语上，都与白的写作风格十分贴近。但若细细研究，便能够知道皇甫松的"请君莫奏"要比白居易的"古歌旧曲"更显精警凝炼，所以也越发获得更多读者的喜爱。

这两句诗，可谓全诗的"神来之笔"，一方面抒发了诗人极其丰富的创作情感，另一方面鼓励那些一生致力于推陈出新的人们，可以借此抒发自己的情怀，所以这两句，含蕴丰富，富有启发意义。

随着时光的流逝，西施的故事已被远远地抛在身后了。正所谓李白曾写，"至今惟有西江月，曾照吴王宫里人。"表明时光荏苒，当年不再，却唯有西边江上的一轮明月，是那轮曾经照耀吴王深宫里的美人儿了。而华仲彦《花间集注》中谓"西施与吴王深居宫殿中，再不会知道民间女子有生别离者"则又是另外的一种解释了。

至于当年西施回到越国后得到了什么？历史上比较可信的说法是，她跟随范蠡一起泛舟江上，做了一对快活神仙。如若果真如此，断然算是一个完美的结局。只是，自古红颜多薄命，历史的真相早已被千年的风尘所掩埋，而如今，人们也无法探寻真相了。

也罢。像西施那样一个爱国爱民、深明大义的女子，得到人生最终的幸福，难道不是一种莫大的安慰吗？

只是一切都随风远去了。词人感怀以往，为故去的西施写下这首词，表达自己对她的一片赤诚，已经算是了却心愿了。

闲梦江南

——《梦江南·兰烬落》

兰烬落，屏上暗红蕉。

闲梦江南梅熟日，

夜船吹笛雨萧萧。

人语驿边桥。

（唐）皇甫松

《梦江南》通《忆江南》。唐朝时期，人们用这种类型的曲调来咏写此类作品。只可惜，时至今日，这种类型的作品也仅剩下白居易三首、皇甫松两首作品。其中，皇甫松所写的这首词得到了清人王国维的大力赞赏，他曾于辑《檀栾子词》中称赞其写词"情味深长",不论文采还是格调皆在白居易之上。

"日出江花红胜火,春来江水绿如蓝",想当初白居易写词也是何等的艳丽、潇洒!单看这眼前的景象,却正是一轮太阳缓缓东升,将春天的江面照出了干净利落的水蓝色。细细品之,真乃美景也!

而皇甫松这词同样写景,却道是"兰烬落,屏上暗红蕉"。两者相较之下,此篇显得凄迷、柔婉,接近于"山色空濛雨亦奇"的奇幻说法。乍一看去,烟水氤氲,山色空濛,整个景色是如此的"诗意朦胧"。因此,在通读、理解这首词之前,一个人首先应当具备这种能够欣赏朦胧美的鉴赏能力。

那么,词人在朦胧中看到了什么?夜色已深,兰烛烧残,烧焦了的烛炷自垂自落,余光也跟随着一起摇曳不定。光线顿时变得黯淡,惹得屏风上的美人蕉花也变得模糊不清。词人就在这一片朦胧的景色中,情不自禁地进入了美妙的梦乡。

在梦中,词人正站在一条船上。当时正值黄梅时节,整个船身都被细细的雨雾包裹着,越发透出一层朦胧的美意。此时此刻,静立在船头的他突然听到了遥远的江边,时不时地传来一阵悠扬的笛声。恰又因为当时是夜晚,这笛声混合在雨声、这朦胧的意境中,越发衬托出这个雨季的静谧。正可谓雨朦胧,夜朦胧,梦朦胧,在这三重事物的朦胧中,词人所置身的情景真是一个迷离的风景。然而这些还不是梦境的全部,桥边还有窃窃的人语。如果这笛声是发声于青天白日的高楼之上,那么想必自然应是清脆、嘹亮的,然而此时却发声在一个迷蒙的雨夜，在如此一种环境的衬托下，难免显得呜呜然、闷闷然。而雨夜原本万籁寂静，此时却有轻微的人语，混合在雨声、哀怨的笛声中，更使整个环境变得朦胧起来。虽然笛声、雨声、人语声都是有声响的，可三者"组合"于当时的情境下，不由得引人顿生凄迷。

这首有着明显朦胧意境的诗词，便是一首风格鲜明的朦胧诗。因这种诗词读来，倒也有些"美色"，引来一些诗人临摹。渐渐地，这种诗词作为一种全新的流派开始呈现在现代诗坛。文学评论家对此各抒己见，褒贬不一。肯定者认为这是诗词界的一种创新，反之则以"朦胧"为"晦涩"，持反对态度。

皇甫松的这首词是美的，美在"朦胧"，即气象的"朦胧"和境界的"朦胧"。整首诗披文见情，从字里行间能够嗅出江南雨季特有的迷蒙之感，因此可以断定这绝不是一首贪玩、随意之作。想必，他一定很热衷江南以及江南的事物，因此在离开之后，才会难忍心中的牵绊，大笔一挥，写就如此清丽的一首小词。

虽然这首词，很明显就能看出它的用意，却仍需要细细品味一番，方懂得字里行间的意境。全篇以"梦"作为衔接，描写了睡梦之前的景物状态以及睡梦中所亲见的美好场景。虽然对梦醒之后词人的状态没有一字交代，但通过细细品味梦前、梦中的滋味，也是可有几分揣摩。

这应是一个愉快的梦境。得益于此，词人又见到了阔别已久的江南。那凄迷的雨、淡黑的夜，甚至是有些闷闷然的笛声，此刻都已通过文字的阐述，化为脑海中真实存在的场景。你可以由衷地感受到那雨在淅淅沥沥地下着；那夜色渐渐地变浓，淹没了船只；那笛声在哀怨又惆怅地吹着，直吹到有心人的梦魂里去。

从通篇描写到的事物推敲，词人具体是在怀念江南之地与江南之人，而其中又以江南之人为主要对象。词人还曾写就一首《梦江南》的姊妹篇。第二首中"梦见秣陵惆怅事，……双髻坐吹笙"可知写的是江南之事，而这首的"人语驿边桥"，重点描述的就是那个人，此人也许就是令作者魂牵梦绕的那位梳着"双髻"的姑娘吧？

一首《梦江南》，梦到的是那种到江南时的旧情怀，梦的是在江南的一场美好的爱情邂逅，倘若离开那地，人生从此变得凄冷，也是皆因当初在江南所遇的一切，太过美好、太过短暂。

小姑戏莲

——《采莲子·菡萏香连十顷陂》

菡萏香连十顷陂（举棹），小姑贪戏采莲迟（年少）。晚来弄水船头湿（举棹），更脱红裙裹鸭儿（年少）。

（唐）皇甫松

说起《采莲曲》，背后还有一个源远的故事：当年，汉乐府《江南可采莲》是描写、反映江南一带采莲风俗的第一首诗，后来，梁武帝才作了《采莲曲》，由此一路沿袭下来，梁、陈、隋三代照此风格创作了不少诗篇，但大部分都弥漫轻浮糜烂的气息。皇甫松的这首《采莲子》却是清水出芙蓉，一扫之前所有的乌烟瘴气，充满了健康灵动的生活气息。

《采莲子》的格律是七言四句，句尾带和声。这首词，如果去掉句尾的和声，则与一般的七言绝句没太多差别。词句生动传神地描写了一位少女在河中采莲的情景。但若加上句尾的和声来看，则完全展现了另外一种不同的情景，为读者呈现的是众多采莲少女一起唱和的心声。

这是一个晴天午后，采莲的少女划船来到河中央，只见荷花满塘，又闻得荷花香气香飘十里。眼前这个无比迤逦的景观，完全将少女的心牵引了，她在河中忘情地玩耍起来，直到忘记采莲的事情。那么她是怎么玩耍的呢？小姑娘兴奋地打着赤脚划水，玩到了兴头上，最后竟将采莲的船只也浇得湿淋淋。最后，伴着众多小姑娘的欢声笑语，采莲的事情似乎已经变得不再重要。

皇甫松恰到好处地写了小姑娘的兴奋，以及因为兴奋所展现出来的天真烂漫。贪玩的小姑娘进一步的表现便是，她的欢声笑语，真实可见。由于这极其形象、生动的描述，使得写就《牡丹亭》这样传世佳作的汤显祖大师不由得称赞："人情中语，体贴工致，不减睹面见之。"

春日游

——《思帝乡·春日游》

春日游，杏花吹满头。

陌上谁家年少，足风流？

妾拟将身嫁与，一生休。

纵被无情弃，不能羞。

（唐）韦庄

　　暮春三月，草木勃发，昆虫起蛰，正是杏花一簇簇，挂满了枝头的大好时节。天地之间英气勃发，万物蓬勃生长。天与地间的一切生命都展示出一股原始的生命力。在拥有如此美好景象的春日里，吹着和煦的微风，书上的杏花片片凋落在肩膀、头顶，使人感觉痒呼呼的，由此不禁得发出感慨：这川田是如此地亲切可人，一瞬间心里更是塞满了满当当的春情！

此时此刻，有一位春日游的少女，正从这幅万千美妙的画卷中，慢慢地朝着我们走过来。她穿着鲜艳的衣裳，脸颊微红，那风情万种的身姿在一束温暖的阳光的照耀下，显得越发迷人。这样一个美好的春日景象，少女有着堪比春天一样美好的身材和年华，正是催生浪漫春情的大好时光。

而上天似乎也通晓少女的心思，就是在这样一个情况下，安排一个风度翩翩的少年与之相遇，在那惊鸿一瞥中，少女的心彻底沦陷，沦陷在这春日无限美好的情怀里，沦陷在少年那俊美的相貌中，沦陷在自己的痴情与爱慕中！常言说，"陌上花开缓缓归"。陌上一次引人遐想，虽不知道这具体是哪个地方，却可隐约感觉到，倘若心上人走在这样的环境中，一定是美到了极致！

这首《思帝乡》写的是一个怀春少女对于爱情的大胆表白，她在遇到了自己的心上人之后，勇敢地主动说出自己心中深藏的热爱，并且愿意以身相许，即便将来被遗弃也不会后悔。不难猜想，这位少女对心上人的感情一定是非常炽热的，有一种不顾一切的情愫在其中。

为什么少女会有如此强烈的爱意？少女原本就是一个怀春的群体，何况当时，春日迟迟，万物复苏，周遭的环境是如此地鲜活与生动！更可爱的是那位少年气质非凡，深深地吸引了她的注意！于是在春天、杏花、不相识的风流少年等众多外界因素综合作用的境况下，这种爱慕之情一下子爆发出来，似乎要冲破一切障碍和束缚。

诗人韦庄生活于唐末五代时期，乃唐初宰相韦见素的后人，诗人韦应物的第四代孙。年少时家境也算殷实，但无奈当时国家深陷战乱，后身困重围，从此踏上了一条漫游各地的道路。若论述起来，他一生的经历也算坎坷。

中和三年（883）春，四十八岁的韦庄作《秦妇吟》，此诗与《孔雀东南飞》、《木兰诗》被后人并称为"乐府三绝"。到五十八岁时回到长安，一心想要做官，用自己的才华报效国家，成就一番大事业。

他的诗词都很有名，至今流传在世上的诗作有《浣花集》十卷。

韦庄的作品语言清丽，多用白描手法，内容多为闺情离愁和游乐生活，一首词想要表达的情感全部凝结于词中，开始阅读的时候就能有这样清楚的感悟，并随着语句一点点地加深感受，直至理解整首词作的情感表达。

韦庄的词作没有专辑，分别收录在《花间集》、《尊前集》和《全唐诗》等集子中，代表作品有《菩萨蛮》、《浣溪沙》、《诉衷情》、《木兰花》等。

这首词作充分地发挥了韦庄词句清丽的特点，在语调的选择上也与欲要表达的情感形成良好的呼应。使用的是长短错落、声情激动的句式，最后以三字之短作为一个誓言般的结尾，既显得干脆决绝，读起来又朗朗上口。最主要的是，一个简单的句子，就足以表明这少女的心志，"妾拟将身嫁与"表明这少女的坚持和决绝，显出她痛快、潇洒和光明磊落的一个形象；而那所谓的"一生休"，更是表明心志的坚定。甚至，还为自己这种一厢情愿的举动打了包票，立誓言承诺说"纵被无情弃，不能羞！"这样置之死地而后生的爱情，可以想见，背后是用多么强烈的意志在支撑！

只是这简单的几个字，一个少女决绝、对爱不悔的生动形象，跃然纸上。因此，谭献在《词辨》里叹道："尽头语，单调中重笔，五代后绝响。"

仔细推敲，词中女子所表现出来的，正是一种为理想献身的精神，一种情愿为梦想许身的伟大精神——只要我找到了我心心念念的正确理想，就会心甘情愿付出所有，不计较得失、成败。

从这个角度来讲，此词又是一种自我的明志词。韦庄后来想要考取功名，在朝廷当官，为国家建设贡献自己的一份心力。可见，这也是他一直心心念念的理想。他写这首词，大概也是为了表示自己愿意为了这份理想，锲而不舍、无怨无悔地付出的决心。

红楼别夜

——《菩萨蛮·红楼别夜堪惆怅》

> 红楼别夜堪惆怅，香灯半卷流苏帐。残月出门时，美人和
> 泪辞。琵琶金翠羽，弦上黄莺语。劝我早还家，绿窗人似花。
>
> （唐）韦庄

　　韦庄生活在唐帝国由衰弱到灭亡、五代十国分裂的年代。因此，他一生颠沛流离，几乎没有过过安定的生活。黄巢攻破长安，他从此逃往南方，四处流浪。经历了许多磨难和挫折，一直到 59 岁，才开始逐渐稳定下来。

　　这首《菩萨蛮》词，写于词人当初流落在江南一带之时，战事使他与妻子分离，彼此不得相见，韦庄的内心饱受相思之苦。在极

度苦闷之时，一个词人也无别的事情能做、可做，唯有写下诗词排遣相思之苦。

只身流落在江南，韦庄每每最怀念的，必定是自己的妻子，想当天那个夜晚，美丽的妻子和自己在红楼分别（这里的红楼指女子住处。根据我国近代史上著名的女建筑学家林徽因所著文章介绍，因中国唐代建筑的外观通常会在木构部分一律刷红，所以唐代有很多的红楼）。当时，闺阁里的烛灯正小心翼翼地燃烧着，使闺阁散发出一阵阵香气，而闺房中的流苏帐半卷半掩，充分表明女子与良人难舍难分的心迹。

这样一个气氛美好的夜晚，原本应当郎情妾意，一对有情人互相诉尽衷肠，可却因为即将别离，致使整个环境变得异常地伤感。自古以来，很多美好的爱情故事就是发生在这样的情景里，红楼、香灯、流苏帐，这是多么温馨旖旎的一幅画面，可是这一切在诗人眼中却变成了"堪惆怅"。只要一想到明天就要与心爱的女子分别，心中便愈觉伤感。越是美好的场景，越容易使人难过，此次别离不知下次将何时再会相见，每每想起，怎能叫人不感到惆怅呢？

既然离别是不可更改的事实，那么两人唯一能做的，就是在时间允许的范围内，紧紧地抱住对方，好让彼此之间的温存再多拥有一点。可是时光无情，到最后总还是一别。在这里，词人用一句话将两人之间这种依依惜别的情愫，刻画得细腻、完整，使人印象深刻。

偏偏在这离别时分，心中无限感伤的人儿又听到了琵琶弦上弹出莺啼般的动听声音，大千世界，可弹奏的乐器是如此之多，为什么词人在这里偏偏要写琵琶语呢？以往我们曾读白居易《琵琶行》："间关莺语花底滑。"甚至晏几道词："记得小苹初见，两重心字罗衣，琵琶弦上说相思。"从这里可以得知，在世间众多的乐器中，唯有琵琶能够准确、清晰地传达出内心深处想要表达的情感。可知，在即将离别之际，女子同良人的心情竟是一般，在难舍难分之际，故而弹奏了一曲琵琶，用以表达自己的相思之情。

这用心弹奏的琵琶声美妙得就像树上的黄莺鸟那清脆的叫声一般，似乎每一声都在向良人倾吐心声：你一定要早点回来，一定要早点和我团聚啊。我在家里会一直等着你。我愿做你心头的一朵花。这花，既形容美人拥有美好的容颜，也形容时光短暂，青春容易离去——这样一看，不忍离别之意显得更加直白、深刻。

痴心的人儿在这样一个美好的夜晚相互告别，最后女子想要告诉良人的话是："劝我早归家，绿窗人似花。"

温庭筠是花间派中成就颇高的人，而韦庄的贡献相较于他，并不次之，因此两人被人并称为"温韦"。此二人在词作的内容上其实并没有多大差别，所写的内容不过是男欢女爱、离愁别恨。只不过在用途上，两者之间还是有些许差别：温庭筠所写的词作大部分都是供歌伎演唱，因此个性不太独特、鲜明，而韦庄所写的词则大多根据自己的生活经历，用作感情的抒发，比如《菩萨蛮·人人尽说江南好》等五首就是学习白居易《忆江南》的写法，按照自己在江南的所见、所闻，与自己在战乱年代所饱受的相思之苦极好地融合在一起，因此写出的词作容易使人产生共鸣，读起来也感觉贴近生活。

在文字风格上，两人的词作也有明显的差别：温庭筠的词追求浓艳华美，而韦庄则总是使用清新、流畅的白描笔调，因此呈现出来的感情总是稍显真挚、深沉，令人感觉亲切。

而且，韦庄的一些词深受民间词的影响，写得比较直接决绝。比如上一首《思帝乡》"妾拟将身嫁与，一生休。纵被无情弃，不能羞"在营造出一种女子率真的气势时，其实也营造了一种深度的忧伤、担忧，因此许昂霄《词综偶评》这样评价韦庄写的词，"语淡而悲，不堪多读"。

总之，这是韦庄对自己曾有过的一段艳情生活的回忆，是一幅夜阑泣别的凝重画卷。红楼、香帷、清香、琵琶以及那位哭到泪眼朦胧的美人儿，这一切的一切，不知是否已成为韦庄日后漂泊感到孤苦无依时的唯一一点温暖？但不管如何，都应记得，当时离别，也是深情拳拳。

只是不知道，那如花似玉的人儿，可还在等她心上的良人吗？却也不知，这位良人是否真的能够回到她的身边呢？

秋到长门

——《小重山·秋到长门秋草黄》

秋到长门秋草黄。画梁双燕去，出宫墙。玉箫无复理霓裳。金蝉坠，鸾镜掩休妆。

忆昔在昭阳。舞衣红缓带，绣鸳鸯。至今犹惹御炉香。魂梦断，愁听漏更长。

（唐）韦庄

这首词在《花草粹编》列为韦庄词，而在《花间集》和《唐宋诸贤绝妙词选》等书均作薛昭蕴词。关于这首词，背后有一个与"金屋藏娇"相关的故事。

"金屋藏娇"听起来算是历史上的一段佳话，但其实在这段佳话的背后，却隐藏着一段人人皆知的关于后宫女人之间钩心斗角的故事。

当时，刘荣和刘彻均为汉景帝所生，其中，刘荣是太子；他的母亲是栗姬，而刘彻的母亲是王夫人。

刘荣贵为太子，当然背后有很多双眼睛都盯着他，其中就有长公主刘嫖。刘嫖是窦太后的掌上明珠，汉景帝的亲姐姐。在当时的汉朝，皇室宗亲总喜欢肥水不流外人田。长公主刘嫖有个女儿名叫阿娇，她为女儿的将来打算，就将女婿的人选锁定在了太子刘荣的身上，希望自己的女儿将来能做皇后，母仪天下。

长公主虽然有心将自己最心爱的女儿嫁给太子做媳妇，但太子的母亲却并不把这回事放在眼里。栗姬因为长公主总是给汉景帝介绍美女，以至于皇帝冷落了自己，而始终对长公主怀恨在心。原本，栗姬作为一个妃子是没有任何机会可以报复长公主的，但此时长公主一心想将自己的女儿许配给太子，这就给了栗姬一个泄恨的好机会。于是，当长公主亲自登门提起这门亲事的时候，栗姬一口就回绝了。

对这次的颜面扫地，长公主感到心里很不是滋味。她不甘心就这样被灭了威风，于是临时改变策略，将目光重新瞄向刘彻。当时，刘彻也只是一个小孩子，根本不懂得娶亲是怎么一回事，但听到自己的姑姑这样问，他还是用自己的方式回答了她，说道："如果以后我能娶到阿娇做我的妻子，我一定会亲自建造一栋金屋把她藏在里面。"这就是所谓的"金屋藏娇"。

听到这个回答，长公主大为欢喜，于是便决定帮助王夫人重新获得汉景帝的宠爱。目的当然只有一个：让自己将来的女婿刘彻，能够顺利地当上太子乃至日后的皇帝，这样自己的宝贝女儿一样可以当皇后，母仪天下。

从那之后，长公主找机会处处打压刘荣母子，而赞扬王夫人和刘彻。在她的努力之下，刘彻终于顺利地当上了太子。

公元前141年，刘彻登基，阿娇顺利地当上了皇后。但这位被还是小孩子的皇帝想要用金屋藏起来的娇美人，却没能获得一个圆满的爱情。

刘彻的姐姐平阳公主，学了一手好手艺，就像当年长公主一样，为他介绍认识了很多来自全国各地的美女，其中有一个漂亮的姑娘叫做卫子夫。没想到，汉武帝对这个能歌善舞的女子一见钟情，从此心中便彻底没有了阿娇。

这是陈阿娇一生命运悲剧的开始。

那边，受汉武帝宠爱的卫子夫一路平步青云，她这里却门庭冷落，只差没有真的被打入冷宫。

事实上，从汉武帝有了卫子夫之后，阿娇便再也没有分量了。

妒火和怒火使从小就娇生惯养的阿娇感到气愤，她又哭又闹又上吊，反复折腾几次之后，非但没能赢回汉武帝的心，反而更加使他感到厌恶。

最后，阿娇终于铤而走险，做了一件彻底毁灭自己人生的大事。为了重新赢得汉武帝的喜爱，她收买女巫对卫子夫施展巫术。后来，事情败露，汉武帝大怒，一气之下将阿娇打入冷宫。

据说，受此案件牵连，被诛者竟然多达 300 余人。

然而，被打入冷宫的阿娇依旧没有完全死心，她还在想着能够和汉武帝重归于好。她做了很多努力，花重金聘请当时最为著名的文学家司马相如写就一篇《长门赋》，以表达自己内心的凄苦，想以此挽回汉武帝的垂怜。谁知这篇文章虽写得让汉武帝动容，但他早已对阿娇没有了一丁点儿的好感，最终还是没能如愿以偿。

直到死去，阿娇一生终未能再与她最心爱的男人相见。可怜可叹，又是一个悲哀的爱情故事，又是一个女人费劲心机想要讨丈夫的喜欢，最终却一无所获的故事。阿娇所做的一切，无非是为了捍卫自己的爱情，但可惜的是，她竟用错了手段。男人通常对于一个喜欢耍心计的女人，喜欢不起来。

试想，如果不是汉朝特有的腐败体系（皇帝的姐姐为了自己的势力，在家中明目张胆地培植美女，日后送到皇帝身边，让她们为自己效力），又怎么出现后来得宠的卫子夫，以及逐渐失去皇帝宠爱的阿娇？

司马相如纵然文采一流，字字犹如珍珠，却也未能帮助阿娇顺利挽回皇帝的心，可见，汉武帝的确是从心底深处厌倦了她。

后宫的争斗，真是一出看也看不完的戏。后宫里的女人，仰仗皇帝的爱而生，倘若一旦失去所爱，她们的人生也就变得一片黑暗。尤其是阿娇，她是那样地深爱着汉武帝。到最后，她所有的计划都落空，摆在她面前的道路，也就只剩下一条：无边的等待，以及等待中的痛苦煎熬。时光改变了太多，有谁能想到当初发誓要金屋藏娇的那个人，最后竟死都不肯再见自己一面？

"秋到长门秋草黄"，写的正是阿娇被汉武帝抛弃之后的那种无比凄凉的境地。惨遭心上人抛弃的爱人，此时内心一片荒芜，连最后看到的燕子，也是成双成对地离去，可奈她一个大活人，却无缘得到能够一生相守的美好爱情！而失去了心爱之人，她的心也彷佛已经死去，不会再像从前那样，对着镜子认真地打扮自己，为自己穿最华丽的衣裳，开开心心地去做任何一件事。从某个层面来说，她已经失去了做人的乐趣，只任凭这荒凉、孤单的躯壳，一点点随着这冰凉的心，冷下去。

对比现如今被人抛弃、如此凄凉的苦日子，再想想之前在昭阳受到恩宠时，那些欢乐、开心的日子，心里怎么能够不难受呢？只是时光如梭，如今一切皆成定局，不容更改，反过来，恰又是之前的日子过于美好，反而让现在孤单的黑夜变得漫长，不知道何时才能重见光明呢？但也许这一生都没有那样的机会了。

这首词完整、细腻地表达了作者对陈阿娇的同情，也隐含着对被侮辱、被损害者的无限同情。

寂寞关山

——《清平乐·野花芳草》

　　野花芳草，寂寞关山道。柳吐金丝莺语早，惆怅香闺暗老！

　　罗带悔结同心，独凭朱栏思深。梦觉半床斜月，小窗风触鸣琴。

（唐）韦庄

　　韦庄在写这首词的时候，一定是把自己当成女子看待的。之所以这么说，是因为这首词简直可以看成是送给所有女子的立言，因此，这着词在本质上有别于其他纯为抒情而写的诗词。

　　一个思念自己丈夫的女子，想象着远离自己的夫君此时此刻正走在去远方的路途上，一路上道路两旁开满了野草、鲜花，看起来十分繁茂、热闹，但眼睛所见之处虽是如此，却一点儿都缓解不了远行之人内心的孤寂和伤痛。他原是不想离开家乡、离开自己心爱的女人，一个人独自上路，到远方寻求的。

《木兰诗》写道："万里赴戎机，关山度若飞。"点明远行之人所走的道路充满了险恶。他要去那么远的地方，却不是朝着自己来的方向。这想必是令女子感到最为伤怀的地方，一想到这里，虽然看到窗外的柳树已经开始吐出新的枝芽，树上的黄莺也开始唱着欢乐的歌，她却无论如何都开心不起来，只一个劲儿地感慨自己"香闺暗老"，担心自己的青春就这么一点点随着黄莺的叫声远去了。

此时此刻，女子又站在窗前，开始想念那个行走在远方路上的人。窗外已是早春时节，柳枝柳叶黄中透绿，让人眼前一亮，只是这样美好的景色，女子身边却再没有那个可以与之共同欣赏美景的人，不由得使人感到有些凄凉。于是就顺其自然地想到她的青春，就这样在无尽的等待中，不知不觉地消磨掉了。

可怜这样一份痛苦的相思之情，女子甚至都有些后悔和丈夫当初用罗（锦）带打同心结了，其实这里并不是真的后悔，而是有些无奈，是"爱之切，恨之切"。这样深切的怀念，使她根本无法安稳地睡觉，但凡有一丝的响动，就会立即从睡梦中惊醒，甚至连细微的轻风拂琴鸣声都能把她打扰到。

杜甫曾在《奉酬薛十二丈判官见赠》中写道："千秋一拭泪，梦觉有微馨。"苏轼《永遇乐》词亦写道："古今如梦，何曾梦觉，但有旧欢新怨。"都是描写女子睡梦不稳，被惊醒后的神态和举动。这首词中的女子醒来后看到的是"半床斜月"，空荡荡的床上一片凄凉清冷，不禁让人动情。

这首词写女子凭栏深思，想象自己的丈夫此时正在远行的路上，虽看到一路都有繁华风景，但其实内心同自己一般荒凉，渴望见面，却又不知道何时可以如愿。而窗外此时正是早春时光，怎无奈如此美好的时光，无人相伴，使女子感觉自己的青春也便在鸟儿的啼叫声中一点点失去了，内心便有无限凄凉。

都说一个深藏闺中的思妇，浑身都散发着无穷的魅力。我想，这份魅力既在于她的孤独，也在于她的诚恳。人们总是在只面对自己一个人的时候，才能活得痛快、真实。那么，如果她是想念远方的心上人，心里一定带着真实的伤痕。

只因为，我们面对自己时，总是不愿撒谎。

我读过很多首描写告别和表达思念的诗词，韦庄的这一首词给人一种完全不同的感觉。他写出了一般小女人的姿态，就从那句因相思太苦，女子甚至后悔当初与之绑下同心结，就能够看得出来。

相对于男子，女子似乎总是容易反悔，不勇敢、不坚定。她那时候因为相思太苦，从而用假设来安慰自己：假如从来没跟那个男子有任何瓜葛，现在也就不用这样痛苦。可是她心里竟是舍不得的，女人都是刀子嘴，豆腐心，她对她的他，亦是如此。

　　俗语常说，"日有所思，夜有所梦"。于是，晚上她就真的在睡梦中见到了日夜相思却遥不可及的爱人。在梦中，也许他们温暖地拥抱在了一起，也许她终于能和他诉说这些天来的相思之情，甚至也许他们什么都不用说，彼此在眼神中寻找熟悉的那个对方，就已足够。也许梦境真的太温暖了，所以当她醒来，发现这只是一场梦境时，心底充满了深切的伤感。

　　这种感觉是不能对比的，就像现实和幻想永远是两码事。如果人一味地追求幻想，那么在现实面前，就会变得垂头丧气，十分忧心。果然，她是难过的，在醒后并没有发现他的存在。

　　这首词全篇没有一个艳丽的词汇，因此没有妖娆之美，但只用白描，就将妇人的思念之情写得十分深刻、全面，使人在浅显直白中看到了深沉，充分显示了韦庄的词作创作功底。

一枝春雪

——《浣溪沙·惆怅梦余山月斜》

惆怅梦余山月斜，孤灯照壁背窗纱。小楼高阁谢娘家。

暗想玉容何所似？一枝春雪冻梅花，满身香雾簇朝霞。

（唐）韦庄

"惆怅梦余山月斜，孤灯照壁背窗纱。"在梦中，一个男子和自己心爱的女人相会了，也许是梦中的那份感觉太过美好，梦醒之后，这个男子就再也睡不着了。偏偏这时候，又看到窗外一轮山月斜斜地照着，直照亮了那位他思念着的女子，原来，她在这样一个洒满清辉的晚上，同样失眠。此时，她正在自己的屋中就着孤灯独坐，月亮的清辉将她那修长且苗条的倩影打在墙壁上，一切看起来是那样地美好。

他喜欢的那位女子叫什么名字呢？"小楼高阁谢娘家。"在古代，这个名称是美女的代称，因此并不是真的就是男子所钟意的女子的真实姓名。而古典诗词中，通常将歌妓称为谢娘。李贺《恼公》诗："春迟王子态，莺啭谢娘慵。"王琦注："谢娘，指谢安所携之妓。"

为什么在这里用"谢娘"代称这位令男子魂牵梦绕的女子呢？原来，这位男子喜欢的姑娘，是一位才艺双全的歌妓。如果真的是这样，那这位男子可就有相思苦吃了。要知道，歌妓一般都是被养在有权势的大户人家，这种人是断然没有恋爱自由的，即便这位歌妓有心与心上人共结连理，恐怕也会因其身份不能实现。

可是，在梦中多次与心爱女子相见的男子，在梦醒后却越发想要跟这位女子在一起了。在梦中，她是那样地美丽，那么地可爱，已经完完全全将他的心偷走了。他也知道他们之间的身份悬殊，极少有可能能够真正在一起，但他却是真的放不下。

他忍不住幻想她那柔美的身段。因为她是那样地高高在上、气质非凡，所以他每次想念的时候只能是"暗想"，生怕一个不小心，玷污了她的美丽。而在她的美丽面前，他也是无言的，因为不懂得应当用一个怎样的词汇去形容才算合适。

中唐时代，织锦户织作一种高级的丝织品，取名缭绫，花色新颖可爱。白居易在夸赞它的美时写出这样的句子："缭绫缭绫何所似？不似罗绡与纨绮。应似天台山上明月前，四十五尺瀑布泉……"，表现了作者对缭绫之美的一种惊叹，以至于一时间竟不知道可以用何种词汇来形容所见之美。

与白居易的感慨较为不同的是，韦庄最终还是找到了合适的词语来描写这位男子眼中的美丽女子。因那一女子素妆如雪、红颜如花，看起来像极了白梅纷飞，拨动所有冬和春天的气息，她的气质是那样地芳洁多姿，有种破冰而出的高洁！

这首诗词背后，有一种欣赏但却注定无法得到的无奈之感，读来令人不免为这一对青年男女的爱情扼腕叹息。

唐代富人家的歌妓们，在为客人表演的时候一般都是画着梅妆，穿着素纱，跳起舞来轻盈得就像天边的烟霞。曹植曾写《洛神赋》："远而望之，皎若太阳升朝霞"，以此形容洛神的神态之美。想必，词人在这里也是在描述女子的飘然仙姿。汤显祖评论这首词说："以暗想句问起，则下二句形容快绝。"

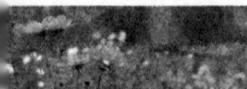

红蓼秋雨

——《浣溪沙·红蓼渡头秋正雨》

红蓼渡头秋正雨，印沙鸥迹自成行，整鬟飘袖野风香。

不语含嚬深浦里，几回愁煞棹船郎，燕归帆尽水茫茫。

（唐）薛昭蕴

渡头水边，红蓼花开，那一簇簇淡红色的小花朵，在微微的秋雨中小心翼翼地摆动姿态，远处的沙滩上若隐若现地显示着一行行模糊的像是沙鸥留下的小脚印。这首词是唐末五代的薛昭蕴所作，他虽不是一个画家，但是这首词所表达出的意境，却给人描绘了一幅苍凉的秋雨渡头待人图。

各色花朵在海滩上默默地开放，远处传来海鸥愉快的叫声，无论是在视觉上、听觉上，都是一个极其生动的艺术画面。但这许多事物并没有成功地使这个海滩热闹起来，此时远方缓缓地走来一位容貌清秀的佳人。

她突然站定海边，似是等待远方的归人。秋风、秋雨、红蓼、鸥迹以及孤独的佳人，顿时让整个画面充满了一种苍凉的格调。尤其这位佳人，"整鬟飘袖"，可谓是盛装出行，如果她是在等人，那一定是在等心中那个最喜欢的人吧。

只见她愁眉紧锁地走到船家面前，却执意不说方向。这可急坏了船家，想必他们还未曾遇到过这样复杂的情况。但见这位佳人，心事重重。

这样尴尬的情况不知持续了多久，直到最后一刻，江面上只剩下一片白茫茫的江水游荡，说明此时船只已离去了。对于这位渴望见到心上人的佳人来说，似乎也是了却了一桩心事：她虽然十分痴情，但一定有说不出的苦衷，最后只能让现实放弃自己。燕归、帆尽、水茫茫，虽然表面看起来都是在写景，但实质上饱含的却是情真意切的怀人之情，因而能够打动读者的心扉，纵使文中的佳人一言不发。

薛昭蕴是唐末词人，现存词19首，其中《浣溪沙》8首，写作内容多为闺情宫怨，友情离思。他的作品风格清丽，与韦庄较为相似。《浣溪沙》"江馆清秋揽客船"，写秋夜江馆饯别："正是断魂迷楚雨，不堪离恨咽湘，月高霜白水连天。"情景交融，以景见情。而"倾国倾城恨有余"写的是游姑苏台凭吊西施："吴主山河空落日，越王宫殿半平芜，藕花菱蔓满重湖。"吊古伤今，苍凉感伤。诸如这些词作收录在《花间集》中，算是比较难得的上乘之作。

本篇词作的主旨与其他写相思的词，有着本质上的不同。以往的一些告别或者相思词作，主要是写男女主人公的分别，诉说的是依依惜别之情，而这却写的是等待，并且是女子亲身来到男子回归必经的路途等待。这在行动上，似乎显示出女子的深情、多情。

只可惜，这等待的结果是没有任何结果，她耗尽期盼，也终是没能等到心上时时刻刻都在惦念的那个人。我们都清楚地懂得：一个人，对于一件事，越是抱有莫大希望，如果事情没有达到预期，他（她）的心里，便会越发失落。正所谓"希望越大，失望越大"。可见，当这个女子最后没能等来心上人，心底该是怎样的伤心落寞！

只通过一个心理活动和等待这个动作以及最后悲哀的后果，词人就将女子失落的情感，完整地描绘出来，并使人印象深刻。这确实在一定程度上印证了他非凡的词作创作能力。

总而言之，本词写了一位对爱情充满期待、怀抱真挚情感的红粉佳人。由她在岸边孤独地等待，中间着重描写江边的风景，比如海鸥、红花等，整个场景是一个"盼归"的意境。虽然佳人出场，不发一言，但却从她的神态等一系列的细节中了解到，她是一个执着于情又惹人怜爱的人。

素洛春光

——《临江仙·素洛春光潋滟平》

　　素洛春光潋滟平，千重媚脸初生。凌波罗袜势轻轻。烟笼日照，珠翠半分明。

　　风引宝衣疑欲舞，鸾回凤翥堪惊。也知心许恐无成。陈王辞赋，千载有声名。

（唐）牛希济

　　牛希济生平一共创作了七首《临江仙》，都是描写咏叹神仙的故事，词句芊绵温丽，寄情于景，融为一体，皆突出了深刻的凭吊之情。

　　且看这首词作。大好的春光笼罩着明净清澈的洛水，水波随着清风的吹动，跟随着节拍轻轻地荡漾。苏轼曾于《饮湖上初晴后雨》中写："水光潋滟晴方好，山色空蒙雨亦奇。"与这首词的写法有着异曲同工之妙。

春光明媚，洛水波澄，盈溢荡漾。在这诗画般美丽的场景中，妩媚的洛神出现了。她"千重媚脸如生。凌波罗袜势轻轻"。提起洛神，我们最熟悉的当然要属曹植写的《洛神赋》，其中形容洛神乃："其形也,翩若惊鸿，婉若游龙。荣曜秋菊，华茂春松。仿佛兮若轻云之蔽月，飘飘兮若流风之回雪。"由此可见洛神之美，已经到了言语无法形容的地步。似与日月同辉，光彩照人。

其实，曹植的洛神在历史上是有一个真实的人物可供参考的。她就是河北第一美人甄宓。《洛神赋》表达正是曹植对甄宓的喜爱之情。

东汉时期，曹操攻破邺城后，收留了袁绍的次媳甄宓。当曹姓父子四人在华堂第一次看到她的时候，就纷纷为她的美貌所打动。从那之后，曹植真诚求爱，终于抱得美人归，并将自己随身携带的玉佩送给甄宓当定情物。然而，这桩美好的姻缘却被一个名叫崔琰的小人破坏了，他为了自己的私利，从中作梗，硬是将甄宓变成了曹丕的妻子。对于曹植来说，自己的心上人一眨眼竟变成了自己的亲嫂嫂，是一个很大的打击，从那之后，叔嫂两人便陷入了痛苦的泥沼。多年后，曹丕登基当上了皇帝，他知道曹植一直都很喜欢自己的皇后，为此，故意为难他，逼他七步作诗，最终曹植以自己非凡的才华，躲过了这一次的杀生之祸，但却被亲哥哥赶出京城。

可怜他最爱的甄宓就没有这样幸运了，最后被曹丕暗杀。

曹植得知此事后，伤心过度，对甄宓思念不已，便对洛水吟作了这一首流传千古的《洛神赋》。

从此以后，这篇赋便成为他与甄宓真挚感情的最好见证，千古流传，使得万千后人知道，文采斐然的曹植还曾有过这样一段美好的爱情过往。

我也曾完整地欣赏过曹植的《洛神赋》，只觉得文中之女子，倾国倾城，乃世间之绝色。当然，我不排除甄宓本身确实有那样美好的可能性，但是人皆知"情人眼里出西施"，或许是曹植在面对江水，脑海里思念着甄宓进行这篇赋的创作时，又在刻意将她美化了。但不管怎样说，曹植《洛神赋》具有高度的文学价值和艺术欣赏价值，这是不可否认的事实。

我会想，倘若生命中不曾经历这样一次刻骨铭心的相爱、刻骨铭心的分离，曹植也创作不出这样美好的《洛神赋》。

汤显祖评说："洛神写照，正在阿堵中，凉鸿游龙数语，已为描尽。"对曹植所写的《洛神赋》给予了高度的评价。

牛希济，五代词人。很早就名扬于外，后来遇上战乱，开始了颠沛流离的生活。之后被前蜀主王建赏识，做了居郎。

现今所保留的由牛希济所写的花间词共有 14 首，文字风格清新自然，无雕琢气。他是牛峤的侄子，虽关系这样相近，但两人在词的创作风格上却有很大差别。峤词艳丽，希济则崇尚自然。其名篇《临江仙·咏巫山十二峰》："一自楚王惊梦断，人间无路相逢，至今云雨带愁容。月斜江上，征棹动晨钟。"清词绵丽，凭吊凄怆，历来为世人所称道。

　　这首词介绍的是曹植写《洛神赋》的由来，写的是曹植在路上偶遇洛神，被她的美貌所打动，双双陷入爱情。可是人与神，身份悬殊，这注定是一段得不到的感情。

　　这与他自身经历的与甄宓的这一段感情，形成呼应。《洛神赋》陈词丰美，意境深远，非大才华不可为之。由此可见，曹植对于甄宓的感情，必定深刻入心。

　　词人牛希济感怀曹植的这一段没有结果的爱情，于是写了这样一首词，聊以抒发情怀。

春山烟欲收

——《生查子·春山烟欲收》

春山烟欲收，天淡星稀小。残月脸边明，别泪临清晓。

语已多，情未了，回首犹重道：记得绿罗裙，处处怜芳草。

（唐）牛希济

这首词描写的是一对恋人之间依依惜别的场景，读来自有一番难舍难分的缠绵之情。

破晓黎明，到了不得不说再见的时候：远处的春山，连绵起伏，随着太阳一点点上升，雾气渐渐开始褪去，依稀可以看到远处那忽明忽暗的剪影。这不过是一个再平常不过的早晨，可我们就要面对分别。

要分别的一对人想必是整夜未眠，静静地看着窗外的景象，一点点变得明亮，而他们的心情也跟着时间的流逝，越来越收紧。

就着这清晓的晨光，依稀能够看到女主人公因离别伤感，脸上留下了不舍的眼泪。此时，西边的残月还未完全褪去，朦胧地照着她的脸颊，将脸上那道晶莹剔透的泪痕照亮，使女人更显得楚楚动人。

一想到天亮她和眼前的有情人就要分别，心中该是多么不舍。词人在这里只简单地为女子的脸部作了一个特写，就勾勒出整首诗所包含着的伤感情愫。我总觉得，在无数的眼泪当中，离人的眼泪是最为特别、珍贵的。因不知道何时再见，因是违背着自己的心意、强迫自己接受一个不能接受的现实。然而"天下没有不散之宴席"，再相爱的两个人也有分别的一天。

于是这对彼此都不舍的恋人，从夜里相互诉说衷情、流泪，一直到天亮相送的路边，始终都在依依不舍地同对方道珍重。所以俞陛云先生才会说这首词："言清晓欲别，次第写来，与《片玉词》之'泪花落枕红棉冷'词格相似。"

天亮了，有情人不得不上路。这时，女子与他双双携手来到苍茫的路上。他一步一回首，女子细细叮咛。虽然这一夜在室内已经说了太多知心的话，可是怎么比得上我们之间如此深厚的情分？这些情愫，在其他诗人的作品中，也都是有迹可寻的。比如李存勖《如梦令》"长记别伊时，和泪出门相送"；柳永《采莲令》"翠娥执手送临歧，轧轧开朱户。千娇面、盈盈伫立，无言有泪，断肠争忍回顾"。不同的是，这首词的女主人公在与心爱之人道别时，不但说了很多叮咛的话，更"回首犹重道"，清楚地展现出一股依依惜别之情。

花前月下的欢快日子已然逝去，告别了自己的心上人，以后便只能够闺房孤灯、梦里相思，"纵有千种风情，更与何人说"。一想到这种即将到来的落寞与孤寂，更加舍不得同眼前的良人说再见了。

"记得绿罗裙，处处怜芳草"。借芳草之绿来比喻女子的罗裙，芳草处处则相思处处，表明女子对良人的思念之情，深厚有加，绵延不绝。送别了心上人，她正要转身回家的时候，突然看到了道路两旁那茂盛的芳草，此时正曲曲折折地蜿蜒着伸向远方，想来这绵长的芳草就如同自己绵长的思念一般，能够跟随心上人，闯荡天涯。她是有要求、有寄托、有希望的。她希望自己的良人即便今日离去，他日行走于路上，如若看到了这道路两边的芳草，也千万一定不能忘记在这遥远的一块地方，还有一位身穿绿罗裙的佳人在等待他的归来。

我无心去评价拥有这样心思的女子，是天真还是其他，只是读完这首词，虽然想到了那句令人感到触目惊心的"忽见陌头杨柳色，悔教夫婿觅封侯"的句子。想必正是在一个生机勃勃的春天，一位有了家室的女子登楼怀思自己远在他方的亲人，就在此时，突然看到墙头早已长出的新鲜的柳条，在一片温暖的阳光的照耀下，若隐若现地闪着有些夺目的光芒。她忽然就心慌了，好心情不再，对远方丈夫的态度由相思直接转为担忧，一遍遍兀自捶胸顿足，悔恨自己当初为什么一定要他去找个官做呢？外面花花世界，比自己长相清秀的女子真的太多，怎敢保证自己的他就一定不会变心呢？

也许这里一心等待离人归来的穿着绿罗裙的女子，没有这么多的悲思。她心里仍然坚定的是，那个人一定会再回来，就像今天突然离去一样。

所以，她会等待，耐心地、真心地等待。

杜甫云："名花留宝靥，蔓草见罗裙"，正是这层意思。即将离别，女子怅然回身，正表明她内心深处的秘密。她祈愿行走于远方的男子，可以两情久长，永不变心。此处妙就妙在词人通过一个很小的细节，描写出了女子对男子的期待和深情，生动而形象地刻画了人物的内心世界。

春水绿苔

——《浣溪沙·春水轻波浸绿苔》

　　春水轻波浸绿苔，枇杷洲上紫檀开。晴日眠沙鸂鶒稳，
暖相偎。

　　罗袜生尘游女过，有人逢着弄珠回。兰麝飘香初解佩，
忘归来。

（唐）毛文锡

　　这首词写的是一个男子在郊外，初次遇到自己情人的情境。词的开篇即交代了一幅令人感到心旷神怡的美景：春水溶溶，轻轻地荡起涟漪，一串串水珠打湿了岸边的青苔。这里的枇杷洲应为琵琶洲，洲上紫檀开遍，一片繁茂。紫檀是一种怎样的花朵呢？晋人崔

豹《草木》中写道："紫旃木,出扶南而色紫,亦曰紫檀。"而李宣古也曾在《杜司空席上赋》中记载:"繁栗调清银象管,琵琶声亮紫檀槽。"可见这是一种很美的花朵,并且经常被诗人提及。

"晴日眠沙鸂鶒稳,暖相偎。"鸂鶒其实就是紫鸳鸯,这里写的是诗人看到一对似如鸳鸯一样成双成对象征爱情的鸟。温庭筠的《菩萨蛮》中也有诗句:"翠翘金缕双鸂鶒,水纹细起春池碧。"在这阳光晴朗的日子里,春水悠悠,沙地上的这一对鸂鶒鸟儿相偎相依,暖融融地进入梦乡,安恬舒适。试想看到这一番景象的男女主人公心里该有怎样的想法呢?一切尽在不言中。

"罗袜生尘游女过,有人逢着弄珠回。"故事的女主人公出现了,所谓"罗袜生尘"也是有出处的,详细见于曹植《洛神赋》中"凌波微步,罗袜生尘"。美丽的女子从江边款款而来,步履轻盈,荡起微微的烟尘。她走过我身边,回头望,手指不断拨弄身上的佩珠。

毛文锡,所写之词现存 32 首,大部分内容多写歌舞冶游。其中,稍微有些成就的诗词,诸如《巫山一段云》"雨霁巫山上"属于就题发挥,即景寄兴,尤其两句"远风吹散又相连,十二晚峰前""朝朝暮暮楚江边,几度降神仙",惹人情思,历来传咏;另外,《醉花间·休相问》、《更漏子·春夜阑》等,也较清新可读。

这首词的特色在于,在写男女之情前先铺设了一对紫鸳鸯相偎相依,在沙上共眠的场景,以此来暗示男女之间的两情相悦。整首词含蓄凝练,韵致天然,一派清新。

水晶宫花开

——《月宫春·水晶宫里桂花开》

水晶宫里桂花开，神仙探几回。红芳金蕊绣重台，低倾玛瑙杯。

玉兔银蟾争守护，姮娥姹女戏相偎。遥听钧天九奏，玉皇帝看来。

(唐) 毛文锡

这首词描写了一个美好景象的月宫，很显然这是词人幻想中的月宫情景，体现了作者对美好生活的向往。

南朝梁任昉《述异记》有诗记载："阖闾构水晶宫，尤极珍怪，皆出之水有。"后来，很多神话小说都将龙王的府邸称为水晶宫。而这里的水晶宫指月宫。水晶宫里的桂花盛开了，绽放出繁重的花束，将整个宫殿装扮得十分美丽。说起桂树，不得不提到一个人，此人正是吴刚。

关于吴刚伐桂的传说总共有三个版本：

第一个传说是，相传在月亮上有一棵高五百丈的月桂树。汉朝时，民间有个叫吴刚的人，此人不爱学习一心想要修炼道术。后天帝得知此事，将他关押在月宫里，让他日夜砍伐桂树作为惩罚，并亲手告诉他说："如果你砍倒桂树，就可获仙术。"听了这句话，吴刚开始卖力砍伐，但谁知道，每当他砍下去一刀，树木非但没有减少一节，反而伤口竟能很快地愈合，如此几次，皆是一般。不知时间过去了多久，吴刚已经累得气喘吁吁，但眼前的桂树却还是最初的样子。其实，这是天帝故意使用的伎俩，他不是真的想让吴刚达成心愿。于是，我们就能知道，在月球上，有一个名叫吴刚的男子，为了达成心愿，无时无刻不在努力砍伐眼前的桂树。

第二个传说是这样的：炎帝的儿子看上了吴刚的妻子，有一天趁着他去外面学仙道，偷偷跑到家中与他的妻子私通，还生下了三个孩子。这件事后来被吴刚得知，他一气之下杀死了炎帝的儿子，因此触怒了炎帝，他便将吴刚发配到月亮上，命令他砍伐不死的月桂。吴刚从此再也没有自由身。他的妻子此时才为当初所犯下的错误感到内疚，便命她的三个儿子飞上月宫，一个变成蟾蜍，一个变成小兔，一个变成蛇，去陪伴吴刚了。

　　最后一个版本则是这样的：吴刚原本就在南天门当差，他和居住在月宫里的嫦娥，一直都相处得很好。但因为经常与嫦娥私会，疏忽了职守，玉皇大帝便惩罚他去砍伐一棵不死的月桂。

　　吴刚砍啊，砍啊，从冬天砍到夏天，砍了半年多眼看树叶就要砍光了，玉皇大帝却突然派来一只乌鸦叼走了吴刚挂在树上的衣服。吴刚于是跑出去去追，回来的时候却发现树叶又都长满了。如此反复，每当吴刚快要将树的叶子砍光，乌鸦都会来叼走他的上衣，而等他回来，桂树又是最初的模样了。

　　只有在每年八月十六那天，这棵树才会掉下一片叶子到地球上，相传，谁要有幸捡到这片叶子，便能拥有数不尽的珍宝。

　　这里说的正是，月宫里飘满桂花香气的时候，神仙们纷纷前来探望，在这样美好的桂花树下，他们低倾玛瑙的酒杯，开怀畅饮。"玉兔银蟾争守护，姮娥姹女戏相偎。"这首词应当引申的第二个版本，出现了玉兔、蟾蜍等动物。写的是月宫里的玉兔和蟾蜍，争相决定守护天上的嫦娥。而此时远方响起天上的仙乐，重量级人物玉皇大帝，风风光光地出场了。

　　这首词体现了诗人浪漫的幻想主义，是花间词中较为出彩、有特色的一首，表达诗人渴望获得美好生活的想法。在古代，人们常用"月中折桂"或"蟾宫折桂"比喻科举及第。这里的桂花，有着"红芳金蕊绣重台"的美丽韵姿，而且赢得了月宫上各路神仙的尊崇和爱护，甚至是玉皇大帝最后也纡尊降贵，前来探望，可见这棵桂树的独特之处了。

　　由此可见，词人想要的表达的意境竟是：有羡登科及第之意。也许词人一心想要过上的美好生活，就是能够登科及第，获得皇帝的赏识，能够为其重用，最终能够为国家做出大的贡献吧。

玉殿春浓

——《恋情深·玉殿春浓花烂熳》

　　玉殿春浓花烂熳，簇神仙伴。罗裙窣地缕黄金，奏清音。

　　酒阑歌罢两沉沉，一笑动君心。永愿作鸳鸯伴，恋情深。

（唐）毛文锡

　　这首词主要写的是男女宴饮的情景。词的开场，便描写了一个十分欢乐的场面：在一个"纨绔追欢，歌伎卖笑"的地方，春花烂漫，春意融融，侍酒的乐伎们，莺莺燕燕，互相簇拥一团。

　　这里的"神仙伴"指乐伎们。她们穿着美丽的罗裙，歌声动听。

古时，有不少诗人、词人写到乐伎们，比如李隆基《初人秦川路逢寒食》诗："洛阳芳树映天津，灞岸垂杨窜地新。"韦庄《清平乐》中有诗句："牢地绣罗金缕"等。可见当时以乐伎为对象进行创作的例子，还是很多的。

"酒阑歌罢两沉沉，一笑动君心。"行完酒行后，一对有情人彻底坠入了爱河。《梁书·刘遵传》中有相关记载："酒阑耳热，言志赋诗，校霰忠贤，推扬文史。"《史记》卷八《高祖本纪》记载："酒阑，吕公因自固留高祖。"而"一笑动君心"也如李白《白纻辞三首》的第二首："动君心，冀君赏，愿作天池双鸳鸯。"所要表达的是一种遇见爱情、怦然心动的感觉。

李冰若《栩庄漫记》评曰："缘题敷衍，味若尘羹，尘羹，即尘饭涂羹，谓以尘为饭，以泥为羹，是儿童游戏。"话虽这样说，但却也能够看出这首词属于放荡不守礼法，以狭邪冶游为乐来表达一定的生活情趣。

这首小词不仅体现出男女宴请时的欢愉，也表现出花间词嫚妙柔媚的风格，也是晚唐时期花间词中不可多得的一首佳作。

雨霁巫山

——《巫山一段云·雨霁巫山上》

雨霁巫山上，云轻映碧天。远风吹散又相连，十二晚峰前。

暗湿啼猿树，高笼过客船。朝朝暮暮楚江边，几度降神仙。

（唐）毛文锡

从表面看来，这首词所写的是巫山的情景。南宋叶梦得评此词为"细心微诣，直造蓬莱顶上"。阅读这一词文，能够真实地感受到巫山的境界缥缈，情意深邃，堪称毛词中的上品。

雨后天气放晴，只见巫山上面升起了点点白云，就在这蓝天白云的相互辉映之间，美好的景象便形成了。然而这白云并不是静态的，随着远方的风不断吹来，这些云忽而聚拢、忽而分散，一时间姿态各异、变化万千。

巫山已经不是第一次出现在词人们的笔下，就像"一千个人眼中就有一千个哈姆雷特"，巫山在不同词人的眼中，也绽放着绝然不同的色彩。比如，"巫山巫峡气萧森"是杜甫眼中的样子，而"冷烟寒树重重"则是牛希济眼中的样子。与这二人所写的巫山不同，毛文锡笔下的这座巫山被白云缭绕、被远风吹拂，是一片分外淡素明净的天地。这样清幽干净的环境，一定能赶走人们心中的阴霾，最终达到人静物闲的境界。

紧接着，雨霁来了。原本，巫峡猿啼，悲凉凄厉，但这里却弱化了这种影响，只说树木之间有一些"暗湿"而已。卢照邻写《巫山高》诗："莫辨帝猿树，徒看神女云。"可见，诗人、词人们写诗词，都把重点放在了树上而不是"啼猿"上了。因树木都生长在高高的山上，而巫峡两岸峭壁嶙峋，自上而下形成一股高压的气势，所以说它是高高地笼罩着江上过往的船只。说起此处这个"笼"字，倒不禁让人想起杜牧曾写的一首诗《泊秦淮》："烟笼寒水月笼沙"，此字充分突出了当时景色的强大气势。

词的结尾则引用了宋玉《高唐赋》中所写的楚怀王梦到巫山神女的事。郭璞《游仙诗》曾写，"神仙排云出，但见金银台"。直抒胸臆，表达自己正在等待某种神圣降临的渴望心情，在这里便可以

直接理解为，我朝朝暮暮守候在楚江边，一心一意地等那个且为朝
云、暮为行雨的巫山女神，只是不知道她什么时候才能降临人间，
来到我的面前呢？

　　历代评论家对此词褒贬不一，一种观点认为从中可看出许多描
绘美景的好处，比如贺裳有诗云："毛文锡《巫山一段云》曰：'远
风吹散又相连，十二晚峰前。暗湿啼猿树，轻（高）笼过客船。'摹写
云气，真觉氤氲蓊渤，满于纸上。末云："朝朝暮暮楚江边，几度
降神仙。'虽用神女事，犹不失为《国风》好色。"

　　再比如，李冰若于《栩庄漫记》记载："远风吹散"二句，甚有
烟云缥缈之致，可称佳句，惜下半阕又过于着实耳。"

　　不管这些看法如何，其实真正说起来，花间词的风格原本就是
温软柔媚，能够将一向在诗词中笼盖着愁云的巫峡，写得如此明
媚，波澜不惊，淡雅素洁，品起来就像一幅美妙的山水画卷似的，
确实很少见。由此可见毛文锡的诗词创作功底，确也非同一般，不
可小觑。

燕舞莺啼

——《菩萨蛮·风帘燕舞莺啼柳》

风帘燕舞莺啼柳，妆台约鬓低纤手。钗重髻盘珊，一枝红牡丹。

门前行乐客，白马嘶春色。故故坠金鞭，回头应眼穿。

（唐）牛峤

风动柳丝，燕舞莺啼，窗外正是桃红柳绿，一片大好风光。就在这样一个景色怡人的情景下，屋子里的主人公登场了，只见她"钗重髻盘珊，一枝红牡丹"，头发梳洗得整整齐齐，乌黑的发髻上戴了一枝殷红的牡丹摇步。而令人赏心悦目的是，这样美好的景色、这样美好的女子，其实都是有人欣赏的。此人此时在室外路过，偶然看到屋内景象的人。

那他是如何看到屋中这一景象的呢？原来，牵了这场好姻缘的，是风。风把屋子里的帘子吹了起来，于是正在梳洗的俊俏女子便出现在眼前。她是那样的干净整洁、美如明月，一下子就吸引了这男子的心。曹植曾在《美女篇》中写："皓腕约金环。"写的也是女子装扮自己时的可爱神态。只见她纤纤小手轻轻地从梳妆台上拿起发簪，小心翼翼地插到已经整理好的云鬓中，然后她对镜贴花黄，左看右看，美美地审视着自己。于是，一幅少女晨起梳妆图就在眼前了。古时候，凡女子都好盘桓鬓。晨起的女子都喜欢对着镜子，将自己打扮得美美的。李白《清平调词》："一枝红艳露凝香。"一阵风将少女闺房的门帘掀开，她恰好坐在镜子前美美地梳妆，而这一切又恰好被偶然经过的男子看到，心中顿生爱慕之情。由此可见故事的帷幕构思奇妙，令人赞叹。

那么，看到屋内美景的少年，接下来又是怎么做的呢？当时，他正跨马游春，在见到女子心动的那一刻，为了能够多靠近和多看她一眼，于是便想了一个法子：故意使身上携带的马鞭坠落到地，从这可以看出他对女子的拳拳心意。这种写法，生动细腻，既描写具体，又突出了感情的真挚。自古以来，英俊的少年似乎身旁都站着一匹同样英俊的白马。白居易《井底引银瓶》诗："妾弄青梅倚短墙，君骑白马傍垂杨。"恰似一幅男才女貌、青梅竹马图。在这里，英俊的少年故意将他的马鞭丢落在地上，只是希望屋中的心上人能够多看自己几眼，这回头留恋殷切难抑的心情，将一位少年初坠爱河、渴望获得女子青睐的神态，描写得栩栩如生、跃然纸上。

虽然从头到尾，这位行乐客一言未发，但词人却将他钟情的神态、如痴如醉的爱心，生动传神地描绘出来，使人在读到这些句子的时候，就感觉仿佛这样的互动就在眼前。而实现这样传神的效果，其实要倚仗词人技术纯熟的作词技巧以及深刻的感情投入。

词人牛峤，字松卿，一字延峰，唐末五代词人。他爷爷是唐朝宰相牛僧孺，是"花间派"著名词人。他自小博学多才，创作了尤以诗歌为名的众多著作，共有 33 首诗作收于《全唐诗》，32 首词作收于《花间集》。

牛峤自称慕李贺长歌，作诗常效仿他。其词莹艳缛丽，内容与风格均与温庭筠相近，如《女冠子·锦江烟水》《应天长·玉楼春望晴烟灭》等，也有少数作品如《江城子·飞起郡城东》等，清俊之致。值得一提的是，牛峤是最早写咏物词的词人，他的《梦江南》二首"衔泥燕""红绣被"对后世咏物词的发展产生了一定的影响。

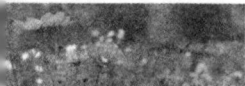

跌落梅妆

——《酒泉子·记得去年》

　　记得去年，烟暖杏园花正发，雪飘香。江草绿，柳
丝长。

　　钿车纤手卷帘望，眉学春山样。凤钗低袅翠鬟上，落
梅妆。

（唐）牛峤

　　去年的春天，杏园的杏花都盛开了，红粉一片，游荡在团团簇
簇的杏花中，只嗅得芳香一阵。正是在这样柔美的春光下，一位男
子遇到了令自己魂牵梦绕的女子。院外的青草绿了，一大片一大片，
绵延着伸向远方，江边的柳条也长了很久、很长，纷纷垂钓到湖水

中。词人几句词便将江南的春，描写到位，一句"江草绿，柳丝长"又将如画的春景着重装点了一番。

如此优美怡人的景色，自然也有一位体态大方、貌若倾城的姑娘在身旁了。这就是男子的心上人。只见她坐在用宝玉镶嵌的车子里，此刻正用纤纤细手轻轻地掀起车帘，向外张望。由此可见，这是一位性情活泼的女子。

而此时此刻，男子恰也向这车上行坐的女子看去。坐在装扮精致、华丽马车上的女子，她那新画的黛眉无限美好，此时正含情脉脉地凝视着遍地春色，她那插在翠鬟上的凤钗袅袅颤动，脸上画着的是精致、娇艳的梅花妆。"落梅妆"是古代女子所画妆式的一种，具体是在额头上描绘梅花的形状作为装饰。因此"梅花妆"又被称作"梅妆""梅额"。

关于这"梅花妆"还有一个悠久的历史典故。根据《太平御览》卷三十引《杂五行书》的记载："宋武帝女寿阳公主，一日卧于含章檐下，梅花落公主额上，成五出花，拂之不去，皇后留之看得几时。经三日，洗之乃落。宫女奇其异，竟效之，今之梅花妆是也。"

因词人牛峤写词之初，一方面追风初、盛唐诗人陈子昂，另一面也模仿了李长吉的诗歌风格，因此形成了比较独特的花间词写法，其词含蕴深厚，颇具内美，能够准确地描述女性的身心苦痛，并对此寄予深切的同情。他创作了不少站在女子立场、痛斥轻薄男子的词作，比如指斥薄情郎的《望江怨》等，其中以一首："解冻风来末上青，解垂罗袖拜卿卿。无端袅娜临官路，舞送行人过一生！"最为著名，因其生动地揭发了封建社会稚龄舞女可怜的人生遭际，体现着峤词咏物而不滞于物，感情沉挚又别具风雅的重要特征。这首词先描绘了一片美丽的春色，后又写出美人的动人身姿，两者衔接得和谐自然，凸显了一派天真情趣，极好地把握了男子初次见到女子，对她所留下的美好印象，避免了同类作品的俗套题材，更显得别具一格、特色鲜明。

望江水怨

——《望江水怨·东风急》

东风急，惜别花时手频执，罗帷愁独入。马嘶残雨春

芜湿。倚门立，寄语薄情郎：粉香和泪泣。

（唐）牛峤

·东风急，像是发出阵阵催促人快马扬鞭、速速离去的号声。一

个痴情的女子站在道路旁，目送心上人乘着快马离去，送别的时候，

两人因不舍而频频执手，久久不肯分开。

《餐樱庑词话》曾这样评价这首词，"文情往复"，"节奏紧迫，

有急弦促柱之妙"。可谓评价公正、严谨又得当。

这首闺中词包含了三层意思：一忆惜别，二叙等待，三寄情思。

每层结构之间，既存在一定的内在联系，又留下了大片的空白，任由读者展开联想，充盈故事情节。

回忆起当时分别的场景，东风劲吹，百花争艳，一对有情人却要在这样一个春意盎然的时节，伤别离。一个"频"字传递出这两人之间的情感是何等地深挚、热切！"东风""花时"，点明了"惜别"的时节。美好的春天，原本应当用来做同样美好的事情，但在这里却要和自己的心上人说再见，词人以美好的景致反衬离愁凄恻之情，使别离的情绪显得更加惨淡，不禁让人为女子的遭遇感到痛心。

和心上人就要分别了，女子又怎么感到开怀呢？第三句的一个"愁"字，点出了闷闷不乐、郁郁寡欢的情态和心境。而"独人"，则更点出她对离去之人难分难舍的深刻情愫。

接下来写等待。正当她回忆当年与心上人分别的悲痛场景时，忽然听到了窗外马的嘶鸣声，她惊喜地一下子跑到门口，殷切地向外张望。她以为是她的"郎骑青骢马"归来了。但竟不如所愿，门外只是"残雨春芜湿"。这一句不禁让人想到杜牧的"雨露洗春芜"，牛峤在此处引用这句，一语双关，一方面写出了此时眼前的实景，另一方面点出了女子心灵深处的伤感情绪：门外空空如也，她的希望落空，不由得暗暗抽泣，泪痕斑斑，如同残雨。汤显祖曾称赞这一句是牛峤这首词中的"秀句"，一个"湿"字形容得极为妥帖、恰当，被称为"下得天然"。而原本欢快的"马嘶"声，随着女子心境的转换，最终却也变成凄厉的叫声，使她徒增许多凄楚。

　　牛峤的这首词很有特色，主要体现在三个方面：布景造情、章法安排以及选调用韵上。开篇通过描写女子的神态，延展了与之相关的两件事实：一是对往事的追忆，一是对未来的思考。回忆往事使她哀怨、惆怅，希望落空，又令她失望、伤心，更突显出她对男子的一片痴心以及男子对她的一番绝情。今天的怀想是通过一些景物，触及到了往日的分别：此时眼前的"春芜"，令她想起往日的"花时"；此时眼前的"残雨湿"，勾出了她内心的眼泪；而往日的"手频执"，又反衬出了今日的"薄情郎"。俞陛云评论这首词"情调凄恻"，其实只说对了一半。虽然心怀期待，可最终仍旧没能等到心上人归来，但她仍充满信心，寄予希望，渴望两人能有见面的一天。"粉香和泪泣"一句与李煜《望江南》"多少泪，断脸复横颐"异曲同工，但李词写得切直显露，牛词则柔中藏刚，于绝望中升起一丝希望，纤弱中充满一股力量，更多地展现了女子的痴顽和执着。

　　除了这种风格清新的闺怨词，牛峤还有一部分艳情词，但绝不是那种无病呻吟之作。如"欢娱嫌夜短"，写的是男女幽会，欢情正洽，两人不肯别离，女子便说："须作一生拼，尽君今日欢。"这种热烈与直白，一度受到历代名家的赞赏，纷纷称其才是真正地表达了人性本质。

　　牛峤虽然没有他祖先那般开阔的胸襟，但却还是能够将视野投放到边塞名城中的，想必是多少遗传了其祖先的一些优良基因，这在五代词中是极为罕见的。

绿云高髻

——《女冠子·绿云高髻》

> 绿云高髻，点翠匀红时世。月如眉，浅笑含双靥，低声唱小词。
>
> 眼看唯恐化，魂荡欲相随。玉趾回娇步，约佳期。

（唐）牛峤

绿发高髻，点翠匀红，细眉深靥，含笑歌唱，活泼美丽，这显然是一个长相美丽的女子。这女子是谁呢？原来是一位男子且来约会的对象。

这样美丽的女子，令男子心动。只见他悄悄地走上前去，眼看就要接近了，却又突然变得瞻前顾后、无所适从起来——之所以会出现这样的情况，正是因为他吝惜她的美好，生怕一不小心就破坏了这种爱慕的氛围。两人见面之后，有些尴尬，男子一时羞涩，不知道要跟女子说什么好。于是最后两人只好作别，本词最后一句写女子的动作：回步依恋，顾盼多情，缠绵无尽，再约佳期。

白居易《和春深》曾写："宋家宫样髻，一片绿云斜。"这里的绿云与此处一般，均指女子的头发多且黑，而点翠匀红则指的是女子的妆饰。

发髻如浓云，乌黑高耸；点翠滴红，十分流行的装扮，只见前来赴会的女子弯眉如月，微微含笑露出粉红的双靥，正轻轻地哼着小调朝男子走过来。无可否认，见她的第一眼，他就仿佛是着了魔，眼看着她像个仙子似的，就快要从眼前消失去了，他一心想着紧紧相随。正伤心失落时，只见女子缓缓地停下了脚步，回过头来，偷偷跟他约定下次见面的时间。

除了这些表达女子内心情感的诗词，牛峤也有很多边塞作品。比如，"紫塞月明千里，金甲冷，戍楼寒，梦长安。乡思望中天阔，漏残星亦残。画角数声呜咽，雪漫漫。"这首《定西番》意境完美，堪称早期词史上声情并茂的边塞词之一，陆游誉其为"盛唐遗音"。

总体来说，牛峤写词的风格虽与李贺乐府《春怀引》等描形拟态相似，但其用词却更似韦庄词一样直白，如《梦江南》二首在章法、取比和表述方式更接近民间词，其中不乏决绝语而妙者。

牛词感情充沛，色调明朗，因此他是花间派中根柢于风骚，涵泳于温韦的典型花间派词人。

晚逐香车

——《浣溪沙·晚逐香车入凤城》

晚逐香车入凤城，东风斜揭绣帘轻，慢回娇眼笑盈盈。

消息未通何计是？便须伴醉且随行，依稀闻道太狂生。

（唐）张泌

鲁迅曾在一篇杂文中戏称这首词是"唐朝的盯梢"。

一个春天刮着东风的傍晚，在京都凤城的近郊，一个男子正急匆匆地追赶着一个女子的香车。在当时的封建社会，男女授受不亲，因此男子与女子在公共场合是不能够太亲近的，但往往又有很多

"一见钟情"的现象会发生。为了获得心中所爱，男子便当即追赶自己看中的女子，这从某一方面深刻地揭发了古时封建禁锢的消极。

首句单刀直入，作者给人们描绘了一幅春色风流的画面：在游春大众归去的时候，隐隐出现了一辆华丽的香车，而紧紧跟在其后的，是一个骑着高头大马的翩翩少年。显然，这对男女之间是属于一种没什么实质进展的单方面恋情。他这样辛苦地追随着，可那坐在香车里的女子并不知道，说不定车子往前再走几步，就会转弯消失了——这样的话，恐怕那个少年就再无缘看到他的心上人了，那么等待他的将是一片空虚和失望。

也许是上天察觉到了他的诚心吧，因此一阵东风从天而降，吹起了香车女子的帘子，而彼时少年正担心他与女子会就此错过，却随着东风看到了她亲切、姣好的面容。虽然是"斜揭"，吹起的帘子并没有很多，但对于此时的男子来说，却也足够了。他终于得此机会看到帘后那个自己一直想要看到的人，之前他在心中早已多次幻想她的甜美面容，果然，风吹起帘子的那一刻，他就看到了里面的人长着一双美丽的"娇眼"！而更为出乎意料的是，她像是知道这位少年的存在一样，对他竟是"慢回娇眼笑盈盈"。这是不是说明，在他骑着白马紧紧追随她的同时，她也一样躲在车里，小心翼翼地将他窥探呢？这嫣然一笑，就等于是对他"盯梢"的不动声色的响应。由此看来，这位少年并不是一厢情愿地单相思，而是与这位女子彻底地两情相逢，看来，这场有情欢爱势必要持续下去了。

少女这盈盈的一笑是一个极好的"消息"，与少年的情感付出相呼应，使他更加搔首踟蹰，心醉神迷，却因没能得到言语上的印证，少年心中便觉得不够踏实，所以仍然感觉对方是"消息未通"。而一旦进城以后，他就更加不能肆无忌惮，这下该怎么追求到自己的心上人呢？因此，才会感到焦急与思索。在这样紧张的氛围下，终于情急生智——"便须伴醉且随行"。为了紧追不舍，就是故意装成喝醉酒的样子，也是好的。他在心里忍不住暗自盘算着：也许这套"误随车"的把戏能够很好地掩人耳目，但不想却没能瞒住那个车里面的人，于是就有了"依稀闻道太狂生！"

这突来的富有生动情趣的一骂，不是真骂，是打情骂俏的骂，是继盈盈一笑的情感表达的继续，是女子第二次对少年做出回应的体现。

这首词虽然写的是一位少年追逐自己心上人的故事，但在写作的过程中，却不乏有很多美好的互动：在郊外，他们一个放胆追逐，一个则秋波暗送；入城来，一个伴醉随行，一个则伴骂轻狂。至于为什么会发生这样明显不同的情况，一切都是因为两人的地点发生了变化，因为当时是在封建社会，男女之间为了掩人耳目，不得不违心做出一些行为，却由此将封建社会害人的守旧制度批判得更加明显。

此词只用白描抒写，开篇便入情节，结构紧凑、简洁。所写情事，极其贴近生活，嫣然一幅百看不厌的生活情景图。这完全归功于词作者张泌用字工炼，章法巧妙，描绘细腻，用语流便。

张泌今存词 28 首，诗 19 首，其中这篇被鲁迅先生翻译成白话文后，收录于《二心集》。唐亡前后，张泌曾在湖湘桂与易静等人共同推动了武安军的文艺繁荣；唐亡后他曾短期逗留成都、边塞等地，与唐末韦庄、牛峤等诗人一样，为博得一个功名而滞留长安，四处漂泊，转食诸侯。

因此，他的诗词尤以写湖湘桂一带的作品为多。其中大多为艳情词，风格介乎温庭筠、韦庄之间，相较之下更倾向于韦庄。

在本首词中，男女主人公没有一句沟通，单凭借动作和神态便成功地实现了互动，使这首词充满了生机和趣味。

秋江静

——《临江仙·烟收湘渚秋江静》

烟收湘渚秋江静，蕉花露泣愁红。五云双鹤去无踪。
几回魂断，凝望向长空。

翠竹暗留珠泪怨，闲调宝瑟波中。花鬟月鬓绿云重。
古祠深殿，香冷雨和风。

（唐）张泌

这不是我们看到的第一首歌颂神仙爱情的诗歌了。花间词派诗
人热衷于歌颂和描写以神仙为对象的诗词。这一首词写的是洞庭湖
畔黄陵庙湘妃的故事，整个故事意境凄迷、情景别致，非常有特点。

"烟收湘渚秋江静，蕉花露泣愁红。"这是一个秋天，地点是湘

江之滨（也就是黄陵庙的所在地），此时此刻，宿烟已收，湘江的洲渚历历分明；整个秋江弥漫着一层静谧，也许是在清晨吧，只见江边的美人蕉，红艳艳地绽放着，花瓣上还沾着细密的露水，像是一个伤心的女子在哭泣，一副哀怨的情态。

从秋江、秋空到江渚，给人辽阔的远景图画，将秋江的寂寥展露无遗。后来，慢镜头将焦点对准那些江边一簇簇的美人蕉花上。这花叶肥花大，花色深红，一靠近就吸引了人们的注意力。但词人笔下的花朵，并不单单只是一株植物，而是附带着人类才能拥有的情感，此时此刻，面对这格外沉静的景色，花朵就像一位伤心哭泣的姑娘，有着让人心酸感慨的凄凉愁怨。

那么，在世上众多的花色中，词人为什么单挑美人蕉来写，而不去写其他的花朵呢？这主要取自美人蕉的名字，因其名中含有"美人"二字，这里的美人当然指的就是词中所写的湘妃了。

"五云双鹤去无踪。几回魂断，凝望向长空。"这一天，天边布满了五色的彩云，一只雪白的仙鹤驮着帝舜，缓缓地向西方极乐世界飞去。心爱的男人就这样走了，永远不会再回来。娥皇、女英的心于是也就跟着一起死了，悲伤地望向长空，一次又一次地魂断伤心。

"翠竹暗留珠泪怨，闲调宝瑟波中。"湘湖一带的翠竹上，文点斑斑，这是娥皇、女英双双因伤心过度，几度留下的泪痕。伤心的两人纷纷为离去的帝舜鼓瑟，希望远去的心上人的灵魂还能够听到她们的呼唤，就算再不能回来，也算是有缘夫妻的最后一次告别。这两句主要通过描写二妃的所作所为，从而引出她们内心深处的感情，于是，娥皇、女英二妃的悲剧形象，跃然纸上。不管是两位神女的眼泪，抑或她们为帝舜起舞弄鼓瑟，都带着十足的神话色彩，即便这是一个不折不扣的悲剧，也是一个充满了浪漫主义气息的悲剧。

"花鬓月鬓绿云重"，写她们花一样的环形发髻，一头浓密乌黑的头发，由此可见，娥皇女英两个神女长相都十分美好。但样貌如此美好的女子，却不再留恋红尘，而是双双栖息于古祠深殿之中，和她们作伴的，不是女儿家的香粉，也不是美人们的好衣裳，却只有屋外的风风雨雨。失去了帝舜，她们的心也一起死了，这样的爱情成了一个不可避免的悲剧，从内到外透着一股莫大的悲凉。于是"古祠深殿，香冷雨和风"，便成了一幅渗透着千年哀怨与悲情的历史画卷。

这首词，通过具体的形象描写表达出对湘妃的深刻同情，她们是因为丈夫的死而悲剧性地死去了。整首词从描写景物开始，到描写景物结束，中间穿插叙述娥皇、女英的故事；在景物中抒情，以景物衬托和抒发情感，最终使二妃的悲剧形象与黄陵庙环境的阴冷气氛相互融合，情景相生，自然酝酿出一股凄怨的情味。词作者很好地构造了写景、叙事、抒情之间的关系，词气委婉，不即不离，使整首词显得空灵飘渺、意境凄迷。

腻粉琼妆

——《柳枝·腻粉琼妆透碧纱》

腻粉琼妆透碧纱，雪休夸。金凤搔头坠鬓斜，发交加。

倚着云屏新睡觉，思梦笑。红腮隐出枕函花，有些些。

（唐）张泌

　　粉红的肌肤、冰肌玉骨，穿着一件碧绿色的清浅的纱衣，一个女子甜甜地沉睡在梦中。乍看起来，这种写法有些浮艳，但却显得十分细腻、自然。只见睡梦中的女子，脸上的浓妆依旧尚未消退，这样的姿态越发透露出她的娇嫩可爱。而那层薄薄的纱裙，更显得她的肌肤白皙、娇嫩，恐怕是冬夜里洁白的雪花也未能与之相比拟。再看她的头上，金凤凰的搔头斜坠在一边的鬓角边，鬓发缭乱，整个人透出一种娇慵的情态，使人感觉形象、生动。

方干《牡丹》诗："花分浅浅胭脂脸，叶堕殷殷腻粉腮。"而这首词中的女子便有如此的姿色，她那肌肤的雪白的颜色与这纱帐的碧绿的颜色，形成一种强烈的视觉冲击，使她寝衣洁白如玉。而关于凤形的金簪，《西京杂记》这样记载："武帝过李夫人，就取玉簪搔头。那以后，宫人全都用玉搔头，玉价倍贵焉。"白居易《长恨歌》"花钿委地无人收，翠翘金雀玉搔头。"就连繁钦《定情》也有相关记载："何以结相于？金箔画搔头。"从这里描写出沉睡女子的装扮，使女子的形象更加具体化、生动化、形象化。

"倚着云屏新睡觉，思梦笑。"写女子终于从睡梦中清醒过来，她意识到自己的凤钗有些晃动，头发有些膨胀和散乱，但醒来的第一件事情却不是对镜梳整自己，而是倚着屏风，回味着刚才的梦境，嘴角时不时地露出浅浅的笑意，想必是梦到了十分美好的事情。既然是这样美好的事情，那么词人为什么不具体写写梦境的具体内容，好让人们对少女的形象和心思掌握得更为精准呢？但其实，词人也清楚，这种欢乐是只属于少女一个人的欢乐，特别是在刚刚睡醒之时，这种欢乐尚且停留于"新睡觉"之后，冥冥中带着一股安静的沉思与享受，不点明梦境，只为让人更加充满遐思。

韩偓《闻雨》诗："罗帐四垂红烛背，玉钗敲着枕函声。"李冰若曾评说："'思梦笑'三字，一篇之骨。"现在想来，确实如此。怀念睡梦时的光景是初睡醒来的第一件大事，连女子最钟爱的梳妆都不及它重要。由此，词者更为直白、清晰地展现出少女的形体动作和内心情思，同时这也是全词刻画其心思与动作，最为细致、精密的一笔。

"红腮隐出枕函花，有些些。"回想起梦中的事情，少女的脸上立即变得绯红，感觉到发烫发热，由于是刚刚离开枕头，她的脸部显现出枕痕。接下来说她的腮边还有一些"枕函花"若隐若现，与上一处暗示她的"思梦笑"，形成完美的呼应。将少女一连串的动作与心事，极好地贯彻、连接，写出了一个女子醒来的瞬间，那心中蕴含的饱满的甜蜜之情。

这首词构思精巧，立意新颖，尤其是对于梦境的描写，没有一字提到梦境的内容，但却通过少女娇羞的姿态和动作，将梦境反衬得极为透脱、深浓；而透过女子的神态、动作来看，她所去到的梦境一定有着非常欢快的节奏，因未见丝毫悲情，女主人公也只是一味地沉浸在情事的甘甜，沉浸于如愿的快乐与幸福中，这样的描写使得梦幻与现实融合无间，充分表达了作者的独具匠心。

浣花溪上

——《江城子·浣花溪上见卿卿》

　　浣花溪上见卿卿，脸波明，黛眉轻。绿云高绾，金簇

小蜻蜓。好是问他来得么？和笑道：莫多情。

（唐）张泌

　　这首词堪称古代小品剧本，整个基调是十分活泼有趣的。"卿卿"一词，最早出现在南朝宋刘义庆《世说新语·惑溺》中："王安丰妇常卿安丰，安丰曰：'妇人卿婿，於礼为不敬，后勿复尔。'妇曰：'亲卿爱卿，是以卿卿；我不卿卿，谁当卿卿？'遂恒听之。"后来，人们常用"卿卿"作为夫妻之间爱的昵称，彼此互为通用。

　　在浣花溪上，一对正处在热恋时期的青年男女偶遇了。"浣花"

溪原本就是一条很美丽的小溪，但这个女子站在溪流的旁边，姿态和样貌竟要比这条溪流还要美好，让人着迷。她的眼睛乌黑发亮，明亮得就像身旁的这条溪流，拥有如此亮眸的女子，性情一定是活泼可爱的。她的脸部没有化浓妆，眉毛只是淡淡地扫了一遍，轻微地有些黛色，虽仅如此，却越发显出她的清秀俊美。她的头发则用一根吊有玉蜻蜓的金钗绾着，凸显了她的流动美；随着她的一颦一笑，头上的这只玉蝴蝶都会相应地左右摇摆，生动而诱人。正是这简单的两句描写，为我们展现了一个生性活泼可爱的女子。

"好是问她来得么?"这显然是男子笑着脸："我来得么?"只有相熟的人才可以这样肆无忌惮地打招呼，说明这二人本身就已经是熟人了，这样发问是故意要这女子承认，必须是来得的。有一种撒娇的情分包含在其中。但下文却出乎他意料的，只听这女子连连笑着回答说："莫自作多情啊!"其隐含的意思是："哪个认得你?"

虽然两人的话不多，但从问答的语气上，却直白地勾勒出他们的过往——过去要是不够好，他不会故意笑着这样问；现在若是不情愿跟他在一起，她也不会这样回答。只在这两句再平常不过的简单的问答中，就揭露出这两人的关系非同一般，正是一对互相钟意彼此的有情人，比熟人的情分多一些，但却也没到光明正大、无缘无悔在一起的程度。

正是这层不太确定的男女关系，使他们之间有一种朦胧的美感，男青年虽然对女子有爱慕的心，显然女子也懂得他的心意，只是她迟迟没有向对方表白自己的心迹，故男青年有意问出那样一个问题，进行试探，想必心里一定带着满满的期待。这简单的几句，不但交代出了一对有情男女的关系，更直接描述了一种社会关系：从这女子整体的装束来看，她一定不会是小家碧玉，按照当时的社会制度规定，能够和她进行攀谈的，也只有卸去自己的身份，才能够如此轻松自在、放得开。

虽然这首词，对女子相貌的描写只突出了头面；对一对有情人的勾勒又只写了女子，但我们欣赏起来，却并不会觉得角色单薄，不足以支撑整个词作的思想。这是因为男女青年之间有着深厚的情感交流，透过他们的对话，足以感受到他们之间的所有。这是典型的"以少见多""片面见整体"的范例。

几个简单的句子，便使得千年之前男女青年生动交往的情景，跃然纸上，呈现眼前，由此看来，张泌的这首词更具有一定的历史价值，同时不可忽略的是，这首词因写出了一对有情人怯怯交往的画面，读来更像是一场完整、合理的舞台剧，让人印象深刻。

落霞明

——《江城子·晚日金陵岸草平》

> 晚日金陵岸草平，落霞明，水无情。
>
> 六代繁华，暗逐逝波声。
>
> 空有姑苏台上月，如西子镜照江城。
>
> （五代）欧阳炯

翻阅古典，查览名著，怀古诗歌实繁，名篇佳作争奇斗艳，一片欣荣。但怀古之词却寡之又寡，特别是那些早期的词令，更是凤毛麟角。是什么造成了这种局面呢？或许是因为在"绣幌佳人……举纤纤之玉指，拍按香檀"的地方不适合演奏感慨兴亡、俯仰今古的曲词吧。俗话说，物以稀为贵，所以欧阳炯等人的少量怀古花间词，就身价倍增，越发令人关注了。

此首《江城子》是一首发生在金陵的怀古之词，表达了作者对已经永远逝去的六代繁华的追思，也是对自身现实生活的无限感慨。"晚日金陵岸草平，落霞明，水无情。"作者在词首就交代了追思凭吊的地点是在六朝古都的金陵，也描绘了当时的景色。作者于大处落笔，描绘了一幅当天金陵古城的全景图，具体是说：日暮将近，天空尽是美丽缤纷的落霞，倒映在浩荡东流的大江中，路人衣襟在风中摇曳。"岸草平"三个字道出了这是一条宽阔的大江，也告诉我们当时的季节是江南草长的时节；"落霞明"，衬托出当时天空的轮廓，让人记忆深刻的或许是它绚丽的暮春色彩。所有这些景象是美丽的，又是苍茫悲落的，炫丽的色彩是最后的绚丽，迎接它的终将还是黑暗，让人们不禁慨叹昔盛今衰的巨大落差。写到这里，怀古的前奏算是接近完美了，因此词的下一句就可以抒发怀古之情了。于是出现"水无情"三字，而这也正是全词的枢纽，也是整词的主句，是"六代繁华，暗逐逝波声"出场的铺垫。此外，"水无情"还有一个点醒的作用，是对前面出现的"岸草平""落霞明"和下文的"姑苏台上月"等景色所隐藏的历史沧桑荒凉的点醒。此处的"水"，已经在作者看来代表着滚滚逝去的历史长河。"岸草平""落霞明""水无情"，三字一笔，笔笔皆韵，显得分外深沉，声情顿挫。

后面的两句"六代繁华，暗逐逝波声"，是"水无情"三字的具体解释。之所以称为是六代繁华，是因为吴、东晋、宋、齐、梁、陈六朝，都在金陵建都。六代繁华主要是指建都在金陵的六个王朝所创的所有的物质文明，以及六朝君臣们荒淫骄奢的生活。所有这些，都已随着滚滚江水，漫漫逝去永不复还了。"暗逐"这两个字，用得非常妙。它能够把眼前的一切都逐渐溶入暮色、伸向烟雾笼罩的长江逝波和心目中漫漫逝去的历史长河融为一体，用一个"暗"字进行绾结，并表明了这种流逝是在不知不觉当中的意思。作者面对逝波，感慨六朝昔日所有繁华都已落幕，仿佛或多或少领悟到有某种不以人的主观意志为转移的力量在暗暗起作用这样一个事实。这就具体解释了"水无情"的意思。

"夕阳无限好，只是近黄昏"这两句诗表明了太阳落山的现象，词的最后两句"空有姑苏台上月，如西子镜照江城。"的意思也是说，就在作者面对长江逝去而发表感慨的光景，开篇的美丽晚霞已经"回家"，从东边升起的一轮圆月，正昭示着这座经历了沧桑兴衰的江城。姑苏台就在苏州的西南方向，是吴王夫差和其宠妃西施长夜作乐的地方，也是春秋时代著名的建筑之一。苏州与金陵，两城遥望；春秋与六朝，时代悬殊。作者故意把月亮、姑苏、西施联系起来，应该是有更加深层次的意思要表达。在六代繁华落幕之前，历史的屏幕上上演过吴宫荒淫、麋鹿游于姑苏台的片段。前车之覆，后车可鉴。但是六代的君臣却依旧没有摆脱灭亡的命运。现在，还是那轮曾静照在姑苏台上的圆月，仍旧像西子当年的妆镜一样，照耀着这座历经沧桑的古城，但是吴宫歌舞、江左繁华都已不复存在，作者面前的这座金陵古城，它的故事结束了吗？是不是还要继续演绎着繁华和落幕的故事呢？下面的"空有"二字，具有非常深的寓意。这个结尾，跳出六代的小范围，目光放在更加久远的历史，深深拓展了全词的意境。

通常，怀古诗词只根据眼前的事物抒发眼下盛衰之概。这首词的内容意境特别空灵，完全是从虚处唱叹传神。但因为在关键处使用了"无情""暗逐""空有"等感情色彩很浓的词语进行重笔勾勒，意蕴也非常明朗了。

这首词可以说是五代当中抒发怀古情思较早的一首词。它将金陵的景象与作者眼见古都兴衰而慨然兴叹的悲凉情感，恰如其分地描绘并进行很好地抒发。情景交融，寓意长远。全词具有极浓的感情色彩，写景抒情，真切动人，具有高超的艺术感染力。

辑二 / 闺怨乡愁——宋元

宋元词曲，内容呈现的多是妇人深处闺房的喜乐哀愁。产生这种情况的最根本缘由是：宋元多战事，男子亦只能英勇过人，怀抱着捐躯赴国难的慷慨走向战场。以女子的闺房为分界线，冰火两重天，闺房内是女子对心上人的盼与怨，而闺房外则是边疆战士的念与恨。分分合合之间，道不尽诸多有情人的哀怨、思念，每当闺房内外花月下，疆场他乡亦是月楼，只是分不清这两者之间，一个宋元，承载了多少的离合悲欢……

红藕香残

——《一剪梅·红藕香残玉簟秋》

红藕香残玉簟秋，轻解罗裳，独上兰舟。云中谁寄锦
书来？雁字回时，月满西楼。

花自飘零水自流，一种相思，两处闲愁。此情无计可
消除，才下眉头，却上心头。

（宋）李清照

李清照（1084 年 3 月 13 日~1155 年 5 月 12 日）号易安居士，
宋代的著名女词人，山东省济南人，婉约词派的代表人物，出身于
书香门第，前期过着富足的生活。李家藏书相当丰富，李清照小时
候就在如此优越的家庭环境中打下了坚实的文学基础。

成亲后，与丈夫赵明诚一起收集、整理金石书画，一道进行学术研究。两人情投意合，过着幸福的生活。金兵南下中原后，李清照夫妇流落南方，赵明诚病死，李清照开始了孤苦生活。她的一生经历了开始的繁华、动乱跌宕的两宋更替时代。李清照是中国古代有名的才女，她不仅熟谙书画，还知晓金石之事，特别是诗词。她的作品千古流传，独树一帜，被誉为"词家一大宗"。她的词从感情脉络上可以分为两大部分，分别是前期和后期。前期主要是写她悠然幸福的生活，较为真实地反映了她当时的情感和幸福生活，题材主要是写美丽风景和离愁别绪。如两首《如梦令》，欢快端庄，语新隽美。《凤凰台上忆吹箫》《一剪梅》《醉花阴》等词，主要是通过对孤寂生活的描写来抒发自己的相思之情，表达了她对丈夫赵明诚的深厚感情，婉转曲折，清俊疏朗。《蝶恋花·晚止昌乐馆寄姊妹》主要是写对闺中女伴的留恋之情，感情也非常真挚。虽然她的词以描写愁寂生活、抒发忧伤情感者居多，但是我们从中完全能够看到她对大自然是何等地热爱，也坦率地表达了她对美好爱情生活的向往。

这首《一剪梅》在黄升《花庵词选》中，还有一个名字叫做《别愁》，是李清照思念外出求学的丈夫赵明诚所做的一首思念之词。伊世珍所著《琅嬛记》里这样记载："易安结褵未久，明诚即负笈远游。易安殊不忍别，觅锦帕书《一剪梅》词以送之。"这样的说法在电影《李清照》里得到了沿用，当赵明诚踏上征船出行的时候，响起了《一剪梅》的旋律"轻解罗裳，独上兰舟"。

这首词不是一首送别之作，单"轻解罗裳"两句，就解释不通。"罗裳"，在这里肯定不会指男子的"罗衣"，因为不管是诗人出于什么样目的，是从平仄还是用字角度来说，把"衣"为"裳"都是没有必要的。"罗裳"自古以来就是指绸罗制成的裙子，但是在宋代男子是不穿裙子的。如果把上句理解为主人公是李清照，下句是写赵明诚的话，那么，这样一来下句就不存在主语了，而且两句意思的联系就很牵强了，所以，本词的题目像《花庵词选》那样选作《别愁》还是比较合适的。

李清照与赵明诚成亲之后，两人的感情如胶似漆，非常地好，两人在一起的生活洋溢着学术和艺术的气息，相当幸福。这样的感情，怎么能受得了两地相思之苦？答案可想而知，尤其是李清照对丈夫赵明诚那种无比热忱的仰慕之情，这一点我们从李清照的一些诗词中不难看出。本词是诗人用巧妙的笔法表达思夫之情，也是对当时新婚少妇沉坠情海的表达。

本词的开头一句："红藕香残玉簟秋。"交代了本词的创作时间是秋天，而且这个秋天荷花已经凋谢、竹席异常凉。"红藕"，就是指红色的荷花。"玉簟"，指的是做工精美的席子。其实这一句非常高明，蕴含着非常丰富的含义，一来交代了时节，正是这样一个萧条零落的景象让诗人思念丈夫的情感泛滥了，渲染了整个环境的凄凉气氛，也烘托出了作者的孤独闲愁心态。如"红藕香残"，第一层意思我们都知道是说秋天来了，荷花凋零了，事实上，还有一层意思，那就是慨叹青春易逝、红颜易老的意思；"玉簟秋"的意思是说既然暑退秋来，竹席自然显得凉了，更深层的意思是人走席凉了。

这一句与南唐李璟的《浣溪沙》的第一句有几分相似："菡萏香销翠叶残。"都是写秋至荷花残的情景，但是后者不如前者那样更富深情。"菡萏香销"比起"红藕香残"来显然是略逊一筹的，"红藕香残"既通俗又形象；"翠叶残"意思仍然与"菡萏香销"类似，指的是秋到荷叶落。但"玉簟秋"，却不同了，又有一层新的意思。如果说，"红藕香残"是从一种客观的景物来预示秋天来临的话，那么，"玉簟秋"就道出了诗人的真情实感——竹席显冷来表达秋天来了。这一句融合了客观和主观、景与情。字数都是相同的七个字，但却呈现出不同的表达效果。这也难怪清朝学者陈廷焯发出这样的赞赏："易安佳句，莫过于《一剪梅》之'红藕香残玉簟秋'，果真精秀特绝，真不食人间烟火者。"（《白雨斋词话》）李清照并非不食人间烟火，但这一句"精秀特绝"，却合乎事实，并不为过。

那时的李清照原本就特别思念丈夫，现在望着眼前的这样一种席凉荷花残的萧条景象，自然触景生情，加倍地思念丈夫，可见当时内心有多么苦，寻常人忍受相思之苦的时候总是要想办法消解的，李清照也是如此。她后来是如何来消得此愁呢？她没有沾襟大哭，没有借酒消愁，也没有悲歌当泣，而是选择游览的方式来消愁，后两句就是这样引出来的。

　　"轻解罗裳，独上兰舟。"意思是说，我轻盈地解下绸罗的裙子，换上便装，自己驾着小舟去游玩吧！词中虽是"轻"字，但是相当有份量，"轻"，道出的是手脚的力度，都很轻，这很生动地表达了作者不想打扰别人，异常小心又有几丝害羞的心理。也正是这个"轻"，所以周围的人都没觉察，就连丫鬟也没让跟随就自己划船启动了。后一句中的"独"字与刚才的"轻"字相互呼应。"兰舟"，指的是木兰舟，是船的美誉。用"罗裳"和"兰舟"非常适合诗人的身份，因为这些只有在富家子弟家才会具备。这两句的涵义，与《九歌·湘君》中记载的"沛吾乘兮桂舟，令沅湘兮无波，使江水兮安流"并不相同，它既不同于写湘夫人乘着桂舟来见湘君；也不同于张孝祥在《念奴娇》所作的："玉鉴琼田三万顷，著我扁舟一叶。"张的诗句表达了张泛舟在广阔的洞庭湖上时非常激动的心情。而李诗则是用力描写诗人对丈夫的思念，诗人之所以那么想"独上兰舟"，是因为她想借这兰舟之泛来消愁，并不是完全意义上的带着闲情去游玩。这是诗人特有的消愁之法。事实上，"独上兰舟"以消愁，若不是愁到一定程度何以出此方法？但是，它不过是像"举杯消愁愁更愁"一样。以前的时候是两个人共同泛舟，可现如今只剩诗人孤身一人泛舟，想到眼前的情景，便更加怀念以前成双入对的美好生活，这样的愁思如何才能消除得了？但是，诗人毕竟是女中豪杰，她没有把自己的这些苦楚归咎于丈夫的离别，反而坚信自己的丈夫也会像自己思念他一样来思念自己。于是，她俯身提笔，写道：

"云中谁寄锦书来？雁字回时，月满西楼。"这几句的意思是说，当天上的大雁飞回来的时候，是什么人托它捎来了书信？我正在明月满处的西楼上盼望着呢！"谁"，很明显是指的丈夫赵明诚。"锦书"，在这里指的是锦字回文书，更确切地说，是指情书。诗人这样写，表面上来看非常平淡无奇，但是细酌便能感受到所藏其中的深深奥秘：一、它体现了诗人夫妻有着深厚的感情，同时诗人非常相信自己的丈夫。因为假如她对丈夫感情不深，或者不信任的话，就不会想到"云中谁寄锦书来"，而是肯定要发出"浮云蔽白日，游子不顾反"（《古诗十九首·行行重行行》）；或者是"荡子行不归，空床难独守"（《古诗十九首·青青河畔草》）的不耐烦的言辞。所以，诗人不言情而情已深刻流露出来了。这是借事抒情的写法，正是在艺术创作上最富有感染力的。二、寓抽象于形象之中，所以更加显得具体、生动。单说"谁寄锦书来"，显得非常抽象。作者通过雁能传书的典故，写道"云中谁寄锦书来，雁字回时"，这就巧妙地通过大雁翔空，生动、形象地表达了书信的到来，使读者在脑海里可以勾勒出清晰的画面。这并不是诗人的专利，但她的云中雁回比起一般的飞雁传书，显然画面更为清晰鲜明，这种点化仍然是值得肯定的。三、它描绘了一幅月光照满楼头的美好画卷。在这画卷里，能够收到丈夫的情书，心中的高兴劲儿不言而喻。但仅限于这样的理解，还不可能发掘"月满西楼"一句的真正用意。大雁传书，固可暂得宽慰，但是却不能消除她的相思。事实上，诗人喜悦的背后，隐藏汹涌的相思泪，这才是真实的感情。"月满西楼"句与白居易的《长相思》中所写的"月明人倚楼"有几分相似，都是描写女子在月夜中凭栏望远的情景。但是本词比起白居易的词仿佛更近了一步，主要差别在那个 "西"字，月都已经西斜了，可以看出她已经站了好久了，这就表明了她有着多么强烈的思夫情感。由于李清照深深思念着自己的丈夫赵明诚，又相信赵明诚也会思念着自己，因此，后面的思路就也就顺此思路展开了。

"花自飘零水自流。"许多读过此词的人说，其实这是诗人在慨叹自己"青春易老，时光荏苒"。既然如此，那么，后面的"一种相思，两处闲愁"两句，就显得有点无源之水，无本之木的感觉了。所以，这一句应该有两层意思："花自飘零"说的是她的青春像花那样凋谢残败；"水自流"是说自己的丈夫出远门求学去了，宛如悠悠的江水空自流。"自"有"空自"、"自然"之意。也体现了当初诗人使用了感叹的语气。这表面上虽是平淡的一句，但是实际上却有着深远的含义。只要后人仔细加以玩味，就能够发觉，李清照既感慨自己红颜易老，也为丈夫不能和自己在一起共享这宝贵的青春年华而伤怀。当中的两个"自"字恰如其分地将这种复杂而微妙的感情表达了出来。这就是她为什么要感叹"花自飘零水自流"的主要原因，也是夫妻感情深厚的体现。

　　"一种相思，两处闲愁"这两句是写自己冥冥相思、深深闲愁的同时，由己身推想到丈夫，深知这种相思与闲愁不是单向的，而是相互的，可见夫妻两人心心相印。这两句也是前面"云中谁寄锦书来"的一种引申，说明就算天长水远，没有锦书，而两人相思的感情一直未变，足以证明两人感情非常深厚。古诗词中也不乏写两地相思的作品，如罗邺的《雁二首》有云"江南江北多离别，忍报年年两地愁"，韩偓所著《青春》诗"樱桃花谢梨花发，肠断青春两处愁"。这两句词很有可能出自这些诗句，而一经熔铸、裁剪为两个句式整齐、词意鲜明的四字句，就取得点铁成金、脱胎换骨的效果。在这里，这两句既是分开又是一起的。从"一种相思"到"两处闲愁"，是两人的感情的分合与深化。从分别的角度来讲，表明这感情是一而二、二而一的；其深化，则是说这份感情已经由"思"而化为"愁"。紧接这两句为"此情无计可消除"。正因人已分在两个地方，心中已经填满了深愁，这种感情自然就难以消除，而是"才下眉头，却上心头"了。

　　那么，李清照到底有什么样的"闲愁"呢？下面三句就作了回答："此情无计可消除，才下眉头，却上心头。"意思是说，这是一种根本无法消除的相思之情，好不容易才舒展开紧皱的眉头，思绪却马上又占据了心头。意思就是说相思无处不在，在这里，作者的对"愁"进行了非常形象的描写。人们在发愁的时候总是紧皱眉头的。诗人正是抓住这一点才写出了下面"才下眉头，却上心头"

两句，让人若见其眉头刚舒展又紧蹙的样子，从而让人体会到她内心的痛苦。"才下"、"却上"两个词用得非常好，两者之间有着连接的关系。因此，它能把相思之苦的那种感情表现得非常形象，相思实在是无处安放。这些跟李煜《乌夜啼》当中的"剪不断，理还乱，是离愁，别是一般滋味在心头"，有着相似的意境，具有异曲同工之妙。

　　这类思夫题材的词，在宋词中占据一定的比例，如果处理不好，稍有表达上的差错，肯定落得俗套。然而，李清照在写这首词的时候，无论在艺术构思上还是在表现手法上都融入了自己的特色，所以非常具有艺术感染力，是篇上等的佳作。这首词具备这些特点：一、词中展现的是旖旎纯洁、心心相印的爱情；它和一般的单纯思夫或怨夫不归之词是不一样的。二、诗人在那个年代毫无忌惮地讴歌自己的爱情，且没有病态的成分，就像是蜜一样的甜，也像水一样的清，磊落大方。它与那些卿卿我我、扭捏作态的爱情，显然是不一样的。三、李清照词的语言大部分都比较浅俗、清新，这首词把自己的特点发挥得淋漓尽致，在通俗中使用了多处偶句，如"轻解罗裳，独上兰舟"、"一种相思，两处闲愁"、"才下眉头，却上心头"等等，这些都是明白易懂的对偶句，声韵和谐，词之高超铸词技巧非高手不能及也。

寻寻觅觅
——《声声慢·寻寻觅觅》

寻寻觅觅，冷冷清清，凄凄惨惨戚戚。乍暖还寒时候，最难将息。三杯两盏淡酒，怎敌他、晚来风急？雁过也，正伤心，却是旧时相识。

满地黄花堆积。憔悴损，如今有谁堪摘？守著窗儿，独自怎生得黑？梧桐更兼细雨，到黄昏、点点滴滴。这次第，怎一个愁字了得！

（宋）李清照

唐宋时期，古文家都以散文为赋，而那些倚声家都习惯以慢词为赋。慢词通常具备赋的铺叙特点，非常蕴藉流利，匀齐而又富有变化，绝对算得上"赋之余"。李清照的这首《声声慢》，是一首脍炙人口、流传数百年的佳作，就其内容来说，根本就是一篇悲秋赋。也只有以赋体读之，才能悟得其中奥秘。

这首词的开头一句一连用了七组叠词确是不太寻常，在填词领域不仅罕见，在诗赋曲领域也不见先例。但是好处不止这些，这些叠词还非常具备音乐美。当时宋词是用于演唱的，所以音调和谐是一项举足轻重的环节。李清照是音律控制的高手，因此所有的这些叠词一起朗读起来，就产生了一种"大珠小珠落玉盘"的感觉。只感觉齿舌音来回地反复吟唱，婉转凄楚，徘徊低迷，就像是听到一个极度伤心的人在进行心灵的倾吐，然而她还没有开口就已经感觉能使听众领会到她的那些忧伤，而等她真正说完了，但是那些忧伤的情感也没有消失，而是在心里和空气中弥漫着一种莫名其妙的愁绪，久久不能逝去，值得人们揣摩回味。

糟糕的心情，再遇到这种乍暖还寒的天气，使作者又一次不能入睡。如果能够深深入梦，那么还能逃避那梦中的痛苦，但是无论怎么想睡却总是不尽如人意，所以作者就非常自然地想起去世的丈夫来。所以拿起一件衣服披着，起身来到桌前，喝一点酒暖一下身子。但是寒冷都是孤独惹的祸，饮酒与饮茶差不多，都是在独酌的时候感到更加凄凉。

在这个天黑云低、冷风强劲的时节，端来一杯淡酒，而此时却突然听到有一声孤雁的悲鸣，这个悲凉声音直刺苍穹，当然也再次啄开了词人还未愈合的伤口，头白鸳鸯痛失伴飞。词人不禁发出这样感叹：唉，我可怜的大雁儿，你为什么发出这样幽怨凄凉的叫声，莫非你也跟我一样，失去伴侣了吗？难道你也跟我一样，注定后半生要自己独自一人跋山涉水吗？胡思乱想之下，泪眼朦胧之下，突然感觉那只孤雁就是过去为自己捎递情书的那一只。真是无可奈何花落去，似曾相识雁归来。往日情书信使依旧在，但是秋娘与萧郎却永远不能再相会，因为他们已是人鬼殊途，物是人非事事休，欲语泪先流。正是这样的一个奇思妙想蕴藏着无限不能够用语言表达的苦衷。

在这个时候又看到那些菊花，顿时发现这些花已经失去了往日的生机，变得异常无精打采，落英满地，再也没有当年那种"东篱把酒黄昏后，有暗香盈袖"的感觉了。作者想，过去和丈夫朝夕相处的美好日子是多么地美好，吟诗作唱，谈论典籍，好不惬意，而现在呢？偌大的房间只有自己孤零地受着煎熬。眼前的事物没有改变，改变是没有了深爱的丈夫。"旧时天气旧时衣，只有情怀，不得似往时。"独对着孤雁残菊，更感凄凉。手托粉腮，热泪盈眶。惧傍晚，恐白昼。面对这阴沉的天，孤单的自己如何才能熬到头呢？漫长与孤独让人更加惧怕。独自一人，感觉连时间也慢了下来。

黄昏终于到来了，但黄昏还叫来了同伴：雨。点点滴滴，淅淅沥沥，没完没了的雨让人更加心烦。转眼望见屋外的两棵梧桐树，它们都在风雨中相互搀扶，一起对抗着大雨，再看看孤零零的自己，实在是太凄凉了。

　　暴风雨、残菊、孤雁、梧桐，词人看着面前的所有这些，顿时生出很多哀怨，直到无以复加，想破脑袋也表达不出来，所以词人再也不用什么对比、渲染，赋比兴了，非常直接地说："这次第，怎一个愁字了得？"简单直白，反而更显得神秘，更加具有韵味，更值得去咀嚼。相比看来，连李煜的"问君能有几多愁，恰似一江春水向东流"也风光不再，因为就算是一江无穷无尽的春水，还是可以形容出来的。是词人的愁绪则非笔墨所能形容，自然稍胜一筹。

　　历史上，人们在描述这首词的特色的时候，多概括为词开头的三句用一连串叠字，非常特别。但是仅注意到这一点，肯定失之皮相。词中写主人公终日的悲苦心情，却从"寻寻觅觅"开始写起，看来她从一起床就无他事，如有所失，所以老是东看看、西瞅瞅，好像在大洋中漂浮的人群中要抓到点什么才能得救似的，希望找到点什么来寄托自己的空虚寂寞。下文"冷冷清清"道出了"寻寻觅觅"的结果，不但没有收获，反而被一种孤寂清冷的气氛笼罩，让自己顿时感到凄惨忧戚。所以随后再跟上一句"凄凄惨惨戚戚"。仅用这三个句子，便让由愁惨而凄厉的氛围已遍布全篇，让所有读者都不禁为之屏住呼吸。这乃是百感交织在一起，肯定是不吐不快，所谓"欲罢不能"的结果。

　　下边的"乍暖还寒时候"算得上是本词的难点了。这首词是秋天而作，作者在这里用"乍暖还寒"而不用常理之中的"乍寒还暖"，因为只有在早春时节才能用得上"乍暖还寒"。所以谓之难点。这是描写一天的早晨，而不是写一个季节给人的感觉。秋天的早晨，太阳初升于东方，故言"乍暖"但是那个时候晓寒依旧在，秋风刺骨，所以言"还寒"。对于"时候"两个字，许多人认为在古汉语中应理解为"节候"，但是柳永在《永遇乐》却云："薰风解愠，昼景清和，新霁时候。"由阴雨到新霁，自然是一段短暂的时间，可见"时候"一词早在大宋时代在已经跟现代汉语无异了。"最难将息"这一句则与上文"寻寻觅觅"句相呼应，说明作者从早上开始就很纠结，不知道怎样是好。

"三杯两盏淡酒，怎敌他晓来风急"，这两句跟上边的"乍暖还寒"相结合。古人早上起床后，于卯时饮酒，这一做法也叫做"扶头卯酒"。这里说用酒消愁是不抵事的。对于下边的"雁过也"的"雁"，是南来秋雁，也正是以前在北方的时候见到的，所以说"正伤心，却是旧时相识"了。《唐宋词选释》这样记载："雁未必相识，却云'旧时相识'者，是要表达怀乡的意思。赵嘏在《寒塘》云：'乡心正无限，一雁度南楼。'这句的意思更加接近。"

词的上半部分从一个人寻觅无着，再到酒难消愁；风送雁声，却更让作者思念家乡。所以词的下半部分由秋日高空回到了自家庭院。庭院里全是盛开的菊花，秋意非常浓。这里"满地黄花堆积"指的是菊花开放，而不是残菊满地的意思。"憔悴损"指的是作者因为忧伤而变得憔悴损瘦，也不是指菊花都凋谢枯萎。正是因为作者自己没心赏花，就算是菊花满园，也勾不起作者摘它的兴趣，这才是"如今有谁堪摘"的确解。但是人不摘花，花却自枯；及花已损，想摘却已经没得摘了。此处既写出了自己无心摘花的纠结，又流露出怜花将谢的情怀，笔意比唐人杜秋娘所唱的"有花堪折直须折，莫待无花空折枝"更具深远的意义。

本首词从"守著窗儿"开始，写独坐无趣、内心愁闷的状态，比"寻寻觅觅"那几句的意思更加明了。"守著"这一句如依张惠言《词选》断句，以"独自"连上文。秦观的《鹧鸪天》下半部分这样记载："无一语，对芳樽，安排肠断到黄昏。甫能炙得灯儿了，雨打梨花深闭门"，这几句与本首词的意思比较接近。但是秦词从人对黄昏有思想准备方面落笔，诗人则从反面说，仿佛老天故意不肯黑下来而使人尤为难过。"梧桐"两句不仅脱胎淮海，而且还兼用了温庭筠在《更漏子》的"梧桐树，三更雨，不道离情正苦；一叶叶，一声声，空阶滴到明"词意，把两种内容融到一块，笔更直而情更浓。最后用"怎一个愁字了得"句来收尾，也是非常有个性的笔法。自从庾信以来，或言愁有千斛万斛（李煜词），或言愁如江如海（秦观词），总之是极言其多。在这里却是化多为少，只描写自己思绪比较复杂，仅用一个"愁"字如何包括得尽。妙在说了"愁"字之后就戛然而止而不去说明"愁"字之外的心情。乍一看，是有点"欲说还休"的意思，其实已经倾泻无遗、淋漓尽致了。

  本词大气包举，别无枝蔓，有关情事一一道来，却始终围绕着悲秋的主旨，是六朝抒情小赋之表率，而以接近口语的朴素清新的语言谱入新声，运用凄清的音乐性语言进行表达，却又体现了倚声家的那种不假雕饰的本色，确实是个性独具的抒情名作。

风住尘香

——《武陵春·风住尘香花已尽》

　　风住尘香花已尽，日晚倦梳头。物是人非事事休，欲
语泪先流。

　　闻说双溪春尚好，也拟泛轻舟。只恐双溪舴艋舟，载
不动许多愁。

（宋）李清照

　　本首《武陵春》是李清照的代表作之一，创作于宋代高宗绍兴
五年（1135 年）避乱世居金华的时候。这首词描述了作者在暮春时
节的所见以及由此产生的感受，抒发了她因国破、家亡、夫逝、漂
泊无依等种种苦楚而产生的消除不掉的思绪。

这首词有着高超的写法，从外到内，由表及里，层层深入，步步开掘，上半部分侧重于外形，下半部分多偏重于内心。"风住尘香花已尽"一句已达至境：不仅写出了之前风吹雨打、落红成阵的情景，还描绘出一种雨过天晴、落花为尘的韵味；既写出了作者在下雨天不能够出外的苦闷，又写出了她怜春忧伤的感慨，真算得上是意味深长。"日晚倦梳头"、"欲语泪先流"这两句是对人物的外部动作和神态的刻画。此处所写的"日晚倦梳头"，又是另外的一种心境。在这个时候她因金人南下，经多次丧乱，自己深爱的丈夫赵明诚已经去世，自己孤自一人流落金华，面对着一年一度的春色，怎能不睹物思人？物是人非，不禁心生悲凉，感到万事皆休，无穷索寞。所以她日高方起，不屑梳理。"欲语泪先流"，是鲜明而又深刻的写照。李清照在这里的泪，先用"欲语"来做铺垫，接着才是让泪流满面，简单五个字，看似平易，却有着很深的用意，心中那种难以控制的忧愁一下子发泄出来了，感人肺腑、动人心弦。

本词的后半部分重点写内心的感情。她一开始连用了"闻说"、"也拟"、"只恐"三个虚词，来作为起伏转折的契机，一波三折，非常感人。第一句"闻说双溪春正好"词调转起，词人刚才还以泪洗面，一听到金华郊外的双溪春光明媚、游人如织，这个平日喜欢游览的人再也控制不住自己的兴致了，"也拟泛轻舟"了。"春尚好"、"泛轻舟"这些轻松的措词，节奏明快，恰如其分地表达了词人那一瞬间的欢喜心情。而"泛轻舟"之前着"也拟"二字，在这里也显得婉转曲回，说明作者之前根本没有出游的兴致，只是一时兴起，且没有多么强烈。"轻舟"一词是对下文愁重所做的铺垫，至"只恐"以下二句，则是做足铺垫之后来一个猛烈的跌宕，让感情显得无比深沉。上半部分所说的"日晚倦梳头"、"欲语泪先流"的原因，我们也从这里找到了答案。

本首词在艺术表现上有着鲜明的特点，那就是多种修辞手法的组合运用，尤其是比喻。比喻的用法在诗歌中是比较常见的现象，但是要用得新颖、恰如其分，却并非易事。比喻用得好能够把精神化为物质，把抽象的感情化为具体的形象，饶有新意，各具特色。在本词里，李清照说："只恐双溪舴艋舟，载不动许多愁。"也是用夸张的比喻手法来形容"愁"，但是她自铸新辞，而且用得分外自然妥帖、不着痕迹。读者说它自然妥帖，是因为它承上句"轻舟"而来，而"轻舟"又是承"双溪"而来，寓情于景，浑然天成，构成了完整的意境。

李清照不仅有超群的才华、高深的知识，而且还有崇高的理想和豪迈的抱负。她在古代文学领域里取得了多方面、深层次的成就。她的作品在当时高标一帜、卓尔不凡。其中最成功、影响最大的当属她的词。她的词作可以说在艺术上已经达到了炉火纯青的境界，傲立词坛，形成了自己特有的艺术风格——"易安体"。她不讲求华丽的辞藻，而是提炼富有表现力的"寻常语度八音律"，使用近乎白描的手法来表现对眼前景物的敏锐感触，通过细腻的刻画、微妙的心理活动，表达丰富的感情体验，塑造生动鲜明的艺术形象。在她的词作中，都是真挚的情感与完美的形式相互交融，浑然天成。她把"语尽而意不尽，意尽而情不尽"的婉约风格发挥到了极致，以致摘得了婉约派词人"宗主"的桂冠，成为婉约派代表人物之一。同时，在她的词作中笔力横放、铺叙浑成的豪放风格，又使她在宋代词坛上独树一帜，从而深刻影响了后来的词人们。她高超的艺术成就博得了后世文人的高度赞扬，赢得了"千古第一才女"的美誉。

薄雾浓云

——《醉花阴·薄雾浓云愁永昼》

薄雾浓云愁永昼，瑞脑销金兽。

佳节又重阳，玉枕纱厨，半夜凉初透。

东篱把酒黄昏后，有暗香盈袖。

莫道不销魂，帘卷西风，人比黄花瘦。

（宋）李清照

这首词是作者成亲之后的作品，抒发的是重阳佳节思念丈夫的心情。据说诗人把这首词寄给丈夫赵明诚以后，却激起了赵明诚与妻子的比试之心，所以三天三夜没合眼，作了几首词，最终还是败于妻子的这首《醉花阴》。

　　"薄雾浓云愁永昼"，从早到晚这一整天天空都没晴过，一直是挂满"薄雾浓云"，如此阴森天气最让人感到愁闷难抑。外面没有好天气，所以只能在房里待着。"瑞脑消金兽"一句，开始描写房间内的情景：她自己聚精会神地盯着香炉里瑞脑香的袅袅青烟，确实是百无聊赖！马上就到重阳节了，天气转凉，睡到半夜，帐中炕上都充满凉意，与当时夫妻团聚时候的闺房温馨，真是不可同日而语。上半部分这几句，向我们介绍了一个心事重重的闺中少妇的样子。她来到屋外，恶劣的天气又让她厌烦，待在屋里又是憋闷之极；白天不好过，黑夜也不好熬；坐不安，睡不香，确实是难以将息。"佳节又重阳"一句意思非常深刻。重阳节在古代是非常重要的节日。此日亲友团聚，相携登高，插茱萸，饮菊酒。李清照道出"瑞脑消金兽"的孤独感后，马上跟着一句"佳节又重阳"，很明显是有弦外之音的，这弦外之音便是在这个良辰佳节里，丈夫不在自己身边。"遍插茱萸少一人"，怎能叫她不"每逢佳节倍思亲"呢？"佳节又重阳"一个"又"字，带有强烈的感情色彩，十分有力地表达了她的伤感情绪。紧接着两句："玉枕纱厨，半夜凉初透"，丈夫不在家，孤枕难眠，独栖纱帐内，又有几番感触！"半夜凉初透"，不仅是时令转凉，而且另有别的一番凄凉滋味。

　　词的后半部分倒叙黄昏时独自饮酒的凄苦。"东篱把酒黄昏后，有暗香盈袖"，这两句写出了作者在重阳节傍晚的时候在东篱下的菊圃前端酒独酌的情景，折射出作者一人闷酒无助的离愁。"东篱"，

指的是菊圃，借用了陶渊明的"采菊东篱下，悠然见南山"之诗句，
"暗香"，指的是菊花的幽香。"盈袖"，是说喝酒的时候挥动衣袖，
带来的香气充盈衣袖。古人在旧历九月九日这天有赏菊饮酒的风习。
唐诗人孟浩然《过故人庄》中就有"待到重阳日，还来就菊花"的
佳句。到了宋代，此风依旧盛。所以重阳节这天，词人还是要"东
篱把酒"直饮到"黄昏后"，菊花的幽香装满了衣袖。重阳佳节，端
酒赏菊，本来就非常具有情趣。但是丈夫不在身边，词人孤寂冷清，
禁不住触景生情，再美再香的菊花，也没有办法给远方的亲人送去
了；所有的离愁别恨都涌上心头，就算是"借酒消愁"，也还是"愁
更愁"了，又哪里有心情去欣赏这"暗香浮动"的菊花呢？深秋的
节令、事物、人情，都宛然在目。佳节依旧，菊展依旧，不同的是
人的情状。这是构成"人比黄花瘦"的原因。"莫道不销魂，帘卷
西风，人比黄花瘦"，最后这三句设想非常奇妙，是精彩的比喻。
"销魂"极喻相思愁绝之情。"帘卷西风"也可以叫做"西风卷帘"，
暗含凄冷的意思。匆匆离开东篱，回到闺房，萧瑟的西风把帘子掀
起，人备感凉意，联想到把酒相对的菊花，立刻感叹人生不如菊花
之意。一上一下强烈对比，大有物是人非、今昔悬殊之感。所以，
本词的结尾句"人比黄花瘦"，便成了一曲千古绝唱。这三句直抒胸
怀，描写了抒情主人公憔悴的面容以及愁闷的表情，创造出一个异
常凄清、分外寂寥的深秋思夫的情境。这三句工稳精当，精准地体
现了作者的艺术匠心：先用"销魂"来点神伤，再以"西风"来点

凄景，最后落笔写出一个"瘦"字。在这里，词人非常巧妙地把女子与菊花进行相比，展现出两个迭印的镜头：一边是瑟瑟秋风零落着羸弱的瘦菊，另一边是一位女子脸上挂满了愁云，情景交融，凄苦绝伦的境界夺笔而出。

李清照的早年爱情生活与家庭生活是非常幸福美满的。封建社会中处于闺阁中的妇女，由于受到各种束缚，所以有着有限的活动范围，生活阅历也自然受到约束，就算是李清照这样具有知识的上层妇女，也无法逃脱。所以，相对而言，她们对爱情的追求就比常人要高一些，体验也更加细腻一些。因此，当作者与丈夫分别之后，面对这单调的生活，便禁不住要借着眼前的悲凉画卷来表达自己的情感。这首词，反映的就是这种心情。从字面上来看，作者并没有直接抒写独居的痛苦和相思之情，但此类感情在词里却无往而不在。

这首词之所以能够被广泛传诵的一个重要原因就是她将比喻用得恰到好处。古诗词里用花来比喻人瘦的作品比比皆是。如"天还知道，和天也瘦。"（秦观《水龙吟》）；"人瘦也，比梅花、瘦几分?"（宋程垓《摊破江城子》）；"人与绿杨俱瘦"（宋无名氏《如梦令》）等等。但比较起来却都没有李清照本篇写得这样成功。原因是，本首词的比喻与全词的整体形象结合得非常紧密，极切合女词人的身份和情致，读之让人感觉亲切。

这首词还把烘云托月的手法运用到了极致，并有着藏而不露的韵味。例如，下半部分写菊，并用菊喻人。但整篇却找不到一个

"菊"字。"东篱"，本来是用陶渊明'采菊东篱下"诗意，但却隐藏了"采菊"两个字，这叫做藏头。又比如，"把酒"两个字也是这样，"酒"字以前，本来有"菊花"二字，因为古人在九月九日的时候有饮菊花酒的习惯，所以这里也省略了"菊花"两个字。再如"暗香"，这里的"暗香"主要是指菊花而不是其他花蕊的香气。"黄花"，也是指 "菊花"。看来整首词虽不见一个"菊"字，但是"菊"的色、香、形态却俱现纸上。词中多出这一层的转折，吟唱的时候就会多一层思考，诗的韵味自然也会随之增加一层。

溪亭日暮

——《如梦令·常记溪亭日暮》

常记溪亭日暮，沉醉不知归路。

兴尽晚回舟，误入藕花深处。

争渡，争渡，惊起一滩鸥鹭。

(宋) 李清照

　　这首词是作者年轻时候所作，同时也是一首大自然的绝妙赞歌，主要描写了她难以忘怀的一次溪亭游览，表现出她卓尔不群的脱俗风格，潇洒飘逸的风姿，开朗奔放的性格。用白描的艺术手法，描绘了一种具有平淡之美的艺术境界，淡雅清秀，静中有动，朴实浅淡的语言给人以强烈的美的感受。

　　"常记溪亭日暮，沉醉不知归路。"这两句起笔非常平淡，自然而又和谐，很自然地将读者带到了她所创造的词境。"常记"二字告诉我们是追忆的内容，地点是在"溪亭"，时间是"日暮"。作者在饮宴之后，已经醉得怎么也找不到回家的路了。"沉醉"两个字表达了隐藏在作者心底的愉快，为什么会"不知归路"，那是因为作者太陶醉于这美景以至于流连忘返了，看来这次欢愉的游玩给作者的印象非常深刻。果然，接着写出"兴尽晚回舟，误入藕花深处"两句，这就使意思递进了一层，兴尽了才回舟，那么，如果还没有兴尽呢？恰恰表明了游玩的极高兴致，不想回舟。当时天色已晚，再加上醉眼朦胧，分辨不清回家的路了，于是就把小船划进了一片茂密的藕花丛中。"藕花"，指的荷花，现在很多地方还称荷花为藕花。因为荷花是从藕里长出来的。这里改称"藕花"而不用荷花，也是根据词调的要求。她当时是多么心慌意乱可想而知了。如何是好呢？怎样才能划出这牵绊的荷塘？我的家在何处？根据词调，这里需要重复一遍相同的两个字的句子，作者填的是"争渡，争渡"，这个词用得是多么传神，以至于成为千古名句，这里的"争"，是"怎么"的意思。"争渡"的意思是如何划出去。"争渡，争渡"，重复一遍，也表达出她当时焦急的心情。正当她心急如焚的时候，也正在为不知如何回家而发愁的时候，肯定是在着急地划动着小船，去找寻一条出路。忽然听得，一阵啪啦啦的响声，那是什么？那是从河滩上飞起的一群被船桨惊起的水鸟。"鸥鹭"，鸥和鹭都是水鸟。这首词到这里就结束了。至于下文怎样，就留给读者自己去想象了。或许是惊飞的鸥鹭，吓得作者出了一身冷汗，终于清醒了自己的头脑，或是找到了一丝灵感，终于知道怎么回家了吧！

本首词中要"愉快"有"愉快"，要"惊险"有"惊险"。而这个"愉快"有"愉快"本身的"愉快"，也有"惊险"中暗藏的"愉快"；同样的道理，"惊险"本身固然"惊险"，在没有"误入"之前就已经蕴含了"惊险"。即"愉快"、"惊险"不是割裂开来而是相互关联又相互交融的。

此外，作者在当时可谓是相当有文化的女子，傍晚游玩至野郊，还喝得烂醉如泥，这在现在也是不太常见的，在当时深受封建礼教重压之下的宋代，那就更属罕见了。这也正是表现出作者任情豪放、不受拘束的性格。

此首小令用词简练，只选取了几个生活片断，将变化着的景色和作者怡然的心情巧妙地结合在了一起，写出了作者青春年少时的好心情，让人不由想随她一起泛舟荷塘，沉醉不归。正所谓"少年情怀自是得"，这首词不事雕琢，尽是欢快的自然之美。

雨打梨花

——《忆王孙·春词》

　　萋萋芳草忆王孙。柳外楼高空断魂。杜宇声声不
忍闻。

　　欲黄昏。雨打梨花深闭门。

（宋）李重元

　　这是江南的梅雨季节，在这样一个阴雨连绵的日子来读这样一
首诗，似乎一切都是为了与诗人的情思相靠近。

　　如果不是梨花带雨，如果没有亲身经历这样的一种场景，或许
永远也不能跟写词的诗人靠得这样近。

　　轻轻地推开房间中的一扇窗户，任凭雨水安静地扑上自己的脸

颊和喉咙，忽然也能嗅到这场雨所滋润的大自然的新生，那泥土的芳香，还有花瓣的清香，都将眼前这个世界打造得像是进入了一片梦幻中的天地一般。

只有在祖国的江南，才能感受到这一片落雨缤纷，而到了北方，你是无法通过哪些厚重的山河想出一个女子能有多么妩媚动人。

就是那样一个浓妆淡抹的女子，就是那样一种怅然若失的心怀，她对着江南雾霭的空气说，雨打梨花深闭门，那关上的或许只是一扇现实中的门，又或者是她的心扉。

这首词的作者名叫李重元，比起那些在历史文藻中留名千古的文人墨客来说，这个名字大抵是不太被人熟知的，但他写过的那四首《忆江南》最后都被收在了《宋词》中，"四"这个数字真是很美好的，一下子就让人想到了对应的春、夏、秋、冬四季，春天最美好的就是梨花了。名字好听，气味也很芳香，不是那种使劲儿霸占人感官的香气，但是很撩人。

在点点滴滴的春雨的映衬下，当然就更加地妩媚动人。这是一首表达思念的词，词里的场景也确实一点儿都不辜负那思念的味道和情感。

或许，这个女子在思念王孙，或许是她深爱的某个人。但不管怎样，梨花雨正像她眼中的泪、心中的情一样毫不避讳地充盈在这天地之间，让每个人都看到了这女子的一片深情。

而那个背井离乡的男子，是否和她拥有同样一片潮湿的天空？

当白鸟飞过，是否能想到家里还有一个她在痴情地等候？或许能听到杜鹃的啼鸣，一遍遍叫嚷着"不如归去，不如归去"。这是因为想要跟心爱的人相守在一起，是需要历经多少艰险、克服人间多少新旧分离，才能做到不离不弃！

可是这一对有情人真的分别了太久，所以女子在等待中，已经习惯一个人在这样阴霾的天空下，独自数着花瓣雨，深深地思念心上人，最终她也习惯了屋子里只有自己，为了不把这份寂寞放到空中，她只好深深地又紧紧地扣上了她的房门，这样或许就能深刻地体会到思念以及孤独的滋味。这两个词原本就很般配地并排站在一起，因为孤独，所以才更发狂地思念着那个人，也是因为思念的那个人不在自己的身边，所以才会感到分外孤独。

这大好的春光千万不能轻易就辜负掉啊，可是除此以外，还能怎样？

想和心上的那个一起度过，可是心上的人儿却在远方，此时此刻，不知道在做些什么。

她最后只好深深地掩上了房门，然而这并不代表她就放弃了等待，她只是想在黄昏到来之前，点上一支蜡烛，静静地对着蜡烛，思念到天明。

李重元是那个造就这一切的罪魁祸首吗？也许为了自己的前程，也许为了外出行走，他反正离开了心疼他的女人，留她独自在家看雨看梨花？

忽然想到那句话，等待是一种错误的选择。多少人因为等待，错失了真爱，而又有多少你曾倾心去等的人，最终还是没能回到你的怀抱里来。

这是一种别样的悲哀，然而这层悲哀因为加上了一层淡淡地忧伤，并伴随着这场梦幻般的梨花雨，生生地变成一个动人的模样！

满身花雨

——《南柯子·梦怕愁时断》

　　梦怕愁时断，春从醉里回。凄凉怀抱向谁开？些子清明时候、被莺催。

　　柳外都成絮，栏边半是苔。多情帘燕独徘徊。依旧满身花雨、又归来。

（宋）田为

　　读宋词的时候，每当读到优美的句子，便感觉像是做了一场美妙的清梦。但是梦里的场景具体是什么，却又不太清楚。就像这首《南柯子》，美是美，可是却抓不住任何具体的场景和内容，这样的美好看起来，仿佛也是透了一层薄如蝉翼的脆弱。

初见到这首诗，就好像遇见一场特别温润的雨，它轻轻地拍打在你裸露的肌肤上，感觉柔柔的、凉凉的，没有太深刻的感觉。

但或许就是这种浅浅的美好，让人觉得窗外的景色从来都是真实的。

在这幅美丽的画卷里，我们都是看客，被无形中一个美丽的场景牵引着，然后缓缓走进了这幅充满神奇的画卷中去了。

这首诗歌的作者叫做田为，不是一个特别出色的诗人，因为我们大部分人都对这个名字感到陌生。而当时群星璀璨的天空中有那么多有名的大诗人，仅是他们的作品就让人目不暇接了，还有谁会注意到这里来呢？可是田老的诗歌却透着一种真实的、充满力度的美好。

又或者是有人听说过他的，也就不小心喜欢上了他的词，喜欢上了这些句子，所以只将这些句子放在心上，却没再去留意写词的人是谁了。

梦怕愁时断，春从醉里回。他害怕这好梦在发愁的时候就会突然消逝，所以他每天都逼自己喝很多酒，这样当他醉着的时候，就感觉春天始终站在他的身旁，不曾离开半步。可是春天还是在他半醉半醒的时候，悄悄地回来了，像每一次迎接他的三月里那分外明媚的阳光，可是他脸上的愁容就此淡开了吗？

诗人回答你，"凄凉怀抱向谁开。"或许他曾有过那个想要抱满怀的女子吧，所以才会感到有些凄凉，人只有在得到后又失去，才会有这种悲凉的心态，可是如果从来就没有得到过，那可能就是一种无关痛痒的感触吧。就算有伤怀，想必也是轻微的、少许的，如此地微不足道。

但是那个曾给过他温暖的女子最后去到哪里了呢？

人们不得而知。

但我们知道势必有这样一个女子，已经用自己的风情填满了他的胸怀，所以我们才会看到这个男子是这样地茫然，以至于在面对爱情的时候，丝毫没有一点办法。

后来，再郁闷，也要出去走走的吧，以免辜负了这大好的一片春光，所以就看到了绿柳、黄莺、清脆的苔藓，这些生命都是鲜活的、美好的，或许人类的感情也可以如此吧，在一个寒冷的冬天静悄悄地死去，然后在一个春光明媚的时分悄悄地苏醒，这一切是多么地美好啊！

可是最后却写道："多情帘燕独徘徊。依旧满身花雨、又归来。"就连那多情的燕子，都知道回来探望一下它曾经的主人，哪怕是冒着缤纷的雨呢，可是为什么我心上思想的女子，就不能念在我对她一往情深的感情上，再回来看我一眼呢？

我们看到这个诗人的痴情，我们便能明白他心上的那个女子多么绝情。窗外落英缤纷，可是我们却从诗人的眼睛里，看到了满满的伤心和残忍。

一对有情人分别的时候，或许也是道满了相思，相互深情拳拳地握着对方的手，用无限的温柔望着对方的眼睛，然后轻轻地张开嘴巴，跟对方说上一句，"多多珍重！"

心上的人走了，就要离开自己了，他怎么还能珍重呢？

他恐怕以后每个夜晚，都要在深沉地相思里度过了，他会默念着她的名字，想着他们当初在一起共同度过的那些快乐的时光，然后深深地陶醉其中，然后变得敏感、多愁，是她的走将他变成了一个不折不扣的病态中的人吧。

一切都为了相思，然而相思也有尽头，只是不知道，到那个时候，这个心上的人儿是否会忽然出现在自己的面前，又或者，时光终于熬干了他的思念，他再也没有这般敏感脆弱的真心，他再也写不出这般动人的诗词了。

一切都是未知数，我们唯一可以看到的是，这个辜负他的女子，自从一步步走进这片朦胧的江南烟雨，就再也没有回过头。

她的心坚硬如铁，不要只说男子的心才是狠的，女子何尝又不是这样？

但她这样又有什么错呢？不过是造就一个痴情的诗人，让他留下几首千古佳作，而她则只是诗歌里的那个佳人——他的红粉，一生一世。

又或者一生一世其实是十分有限的，我们能把握的，也只有这有声有色的现在，未来的事情到底谁能说得准呢？

鸳鸯笑生书

——《南歌子·凤髻金泥带》

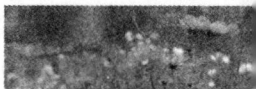

凤髻金泥带，龙纹玉掌梳。走来窗下笑相扶。爱道画

眉深浅入时无？

弄笔偎人久，描花试手初。等闲妨了绣工夫。笑问双

鸳鸯字、怎生书？

(宋) 欧阳修

爱上一个女子，能亲手为她画眉。亦或者，爱上一个男子，亲
手画眉是为了他。想来这是一件多么幸福的事情。

读到这首诗的时候，突然想起那首"懒起梳峨眉"，一个女子
清晨起床，懒懒地坐到梳妆台前，细心地端详着自己的容貌，然后

轻轻地拿起梳子为自己梳一个好看的发髻，画眉的时候她是格外认真的。

　　古代的女子，轻衣舞袖，眉眼更是面容上的精神所在。所以说，女子在化妆打扮的时候，很重视眉眼的装扮，这里也算是一片有情天。

　　俗话说，"女为悦己者容。"男子若是看到了她这一番精致的装扮，心里自然是欢喜的。就像《倚天屠龙记》里所演的，张无忌和赵敏在终于修成正果以后，浪迹江湖，一个朗朗乾坤，她坐在梳妆镜前轻轻地拿起眉笔画着自己的眉毛，这时候张无忌轻轻地走了过来，从背后抱住了她，然后告诉她说，我愿意为你画一辈子的眉。

　　这是一个感动她的誓言，这是一个美好的举动。

　　虽然只是一件很简单的事情，可是却成了千万女人的心愿。

　　是的，如果有个人能愿意一生一世为她画眉，但这"一生"说起来简单，要真做起来，该是一件多么艰难的事情啊。

　　如果你恰好是一位女子，如果你刚好有天遇到了这样甚好的姻缘，请千万抛下女儿家所谓的羞涩，好好地抓住他，让他认认真真为你画一次眉。

　　莫要辜负春光，千万珍惜人情。

　　哪怕只有一次也好，都要好好珍惜。

真心希望这世界上的每一个女子，都能遇到这样一个真心心疼自己的男人。真心希望有缘分共度这美好时光的人，就在不远的时光深处，静静地等待她的良人。

黄菊枝头

——《鹧鸪天·黄菊枝头生晓寒》

黄菊枝头生晓寒，人生莫放酒杯干。风前横笛斜吹雨，醉里簪花倒著冠。

身健在，且加餐。舞裙歌板尽清欢。黄花白发相牵挽，付与时人冷眼看。

（宋）黄庭坚

黄庭坚 (1045—1105)，号山谷道人，亦号涪翁，字鲁直，别名黄豫章，今属江西修水人。北宋著名诗人、词人、书法家，当时江西诗派的开山之祖，宋英宗治平四年进士，做过叶县尉、秘书丞、北京国子监教授、著作佐郎、校书郎、涪州别驾、黔州安置等官职。

哲宗立，被封为校书郎、检讨官。后擢起居舍人。绍圣初年，新党谓其修史"多诬"，贬涪州别驾，安置黔州等地。宋徽宗初年，死于宜州。宋英宗治平四年中进士，绍圣初年以校书郎身份坐修《神宗实录》因罪名著作不实遂被贬职，后来新党掌政，多次遭贬，死于宜州住处。

黄庭坚是当时诗词、文章、书法方面的多栖才子。诗风细硬奇崛，力摒粗俗之习，开当时一代风气。早年师从苏轼，与秦观、张耒、晁补之被称为"苏门四学士"。他的诗与苏轼人称"苏黄"，著有《豫章黄先生文集》。词的地位与秦观齐名。词风与苏轼非常相近，豪迈流宕，是"江西诗派"的开山之祖。晁补之在《诗人玉屑》中有云："鲁直间作小词固高妙，然不是当行家语，自是著腔子唱好诗。"

黄庭坚被贬官在戎州时结识了史应之，《莲堂诗话》语云："史应之名铸，眉山人，授馆于人，落魄无检，喜作鄙语。"后来，黄庭坚官复原职，来到青神省亲，史应之也从眉山来到青神，两人饮酒唱作，共做得诗词三首，此词便是当日所作第二首。

全词塑造了一个"淫坊酒肆狂居士"的形象，其实是作者从坎坷的仕途得来的人生的具体体验，抒发了作者胸中的苦闷和激愤。词中所塑造的狂士形象，是作者自己及其朋友史应之的形象，同时也是那一时代中不谐于俗而怀不平傲世之心的文人的形象。

词的开头显然是劝酒之词，劝别人，也劝自己，不妨到酒中去找寻一些安慰，到醉中去邂逅一下快乐。第一句"黄菊枝头生晓寒"是写实，点明为重阳后一日所作。后来史应之做了和词，所以自己再作一首，当亦是此数日间事。赏菊、饮酒这两件事早已有不解之缘，借"黄菊"顺利过渡到"酒杯"，引出下一句"人生莫放酒杯干"，意思是说酒中自有欢乐，自有天地，应让杯中常储满酒，应该长入酒中天。"风前横笛斜吹雨，醉里簪花倒著冠"，这两句把饮酒之后的那种浪漫举动和醉中狂态都表达出来了，表明这酒中定是有另一番境界。拿着笛子对着风雨吹，头上插花倒戴帽，在当时都算得上是不入时的放荡行为，只有醉酒之后才能如此放肆。

词的后半部则是对世俗的侮慢与挑战。"身健在，且加餐。舞裙歌板尽清欢。"于理来讲，这也是一种反常的心理，其含意于世风益衰，是非颠倒，世事讨扰，不可挽回，只愿身体长健，眼前快乐，别的一无所求。这是从反面来说。"黄花白发相牵挽，付与时人冷眼看"，则是从正面立言。菊花傲霜而开，常用以比喻人老而志坚，故有黄花晚节的说法。这里指白发人牵挽着黄花，非常明显地表示自己要有御霜的志气，绝不同流合污，而且特意要表现给世俗之人看。这自然是对世俗的侮慢，不能够为时人所忍受和理解。

本首词用简洁的笔墨，刻画出一个接近狂人的形象，抒发了作者久抑心中的愤懑，表现出对黑暗社会现实无奈的反抗。词中所刻画出的主人公形象，是以放浪形骸、自娱慢俗的方式来发泄心中郁闷的愤慨，对现实中的政治迫害进行调侃和抗争，体现了作者要摆脱世俗约束的崇高理想。主人公旷达的外表背后隐藏着无尽的辛酸与伤痛。

人们喜欢用苏黄并称来论宋诗，苏诗具有宏大的气象，像是长江大河，波涛汹涌，蔚为壮观；黄诗气象森严，就像是拔地而起的高大危峰，让人望而生畏，他们在艺术上分别创造了自己的境界。但是黄诗的成就逊于苏轼，因为他的诗里虽然没有陈言滥调，形成一种以生新瘦硬为特征的风格，但是仍然没有办法掩盖他生活内容的空虚和脱离现实的想法。

宋诗最早形成于反西昆的流派，是因为当时作者如欧阳修、苏舜钦、梅尧臣等面向现实，诗就成为了他们进行政治斗争的武器，诗在一定程度上反映了老百姓的意愿。黄庭坚曾这样论诗道："诗者，人之性情也，非强谏诤于庭，怨愤诟于道，怒邻骂座之为也。"还有论道曰："其发为讪谤侵凌，引领以承戈，披襟而受矢，以快一朝之愤者，人皆以为诗之祸，是失诗之旨，非诗之过也。"很明显，这是去掉了诗歌的斗争作用，其结果必定是要脱离现实，走上片面追求艺术技巧的道路，偏离了诗文革新运动的方向。

去国怀乡

——《虞美人·宜州见梅作》

天涯也有江南信，梅破知春近。

夜阑风细得香迟，不道晓来开遍向南枝。

玉台弄粉花应妒，飘到眉心住。

平生个里愿杯深，去国十年老尽少年心。

(宋) 黄庭坚

　　朝廷发现黄庭坚的作品《承天院塔记》中有很多诽谤朝廷的情节，于是给黄庭坚定罪为"幸灾谤国"，将其贬官，并押送到宜州。这首词就是黄庭坚于宋徽宗崇宁三年（1104）到达宜州后所作，当时正值冬天，整首词以咏梅为中心，做了几种对比和总结，分别是天涯与江南的对比总结、垂老与少年的对比总结以及去国十年与平生的对比总结，从中表达了天涯见梅的欢喜，朝花夕拾的宽慰，主要是把心中那种今昔不同之感抒发出来，表现出诗人心中沉寂的愤恨和烦闷。

"天涯也有江南信，梅破知春近。"宜州离海南特别近，离京城也有好几千里地了，称这样的距离为"天涯"一点也不为过。诗人被贬到此处还能够欣赏到名满江南的梅花，心中不免有很多惊诧和欢喜。在诗人看来，梅花开放是美好事物的化身，预示着光明与美好的希望，原本是江南一带的名花，今天却开在了如此偏远的天涯海角的荒芜之地，怎能不让人慨叹，怎能不让人惊喜？梅花仿佛在告诉诗人美好的春天已经不远了，你的人生也不会一直凄凉下去，等待你的也将是美好和光明。"梅破知春近"道出了当时的时节，预示着春天就要来到。诗人的意思主要是表达，千山万水没有隔断自己与老家江南的那份感情。"也有"，更在于表明一个意外和想不到的惊叹，说明作者眼前的被贬环境要比想象中的好得多。

"夜阑风细得香迟，不道晓来开遍向南枝"这两句具体描写了"梅破"的现象：一直到夜的尽头，都没有闻到梅花的香味，诗人还以为这梅花千呼万唤尚未开出，没想到，实在是没想到，早上起来一看，院中朝南的梅花枝头，都挂满了梅花。一扬一抑，给读者带来不少欢悦。

虽然是"开遍"了，但是只是那一部分"向南枝"，这肯定是梅中之佼佼者，给人以新鲜的感觉和藏不住的喜悦。"夜阑（其时声息俱绝，暗香易闻）风细（恰好传递清香）"还未"得香"，故用"迟"。诗人在这里用笔相当细腻。这些都为后面的"不道"做铺垫，"不道"自然流露着心中的那份措手不及的欢喜，非常容易引起读者共鸣。

到这里，诗人的心中已经全都装满了江南时代的春心。一段浪漫梅花插曲涌向心头，作者把想到的这些都徜徉在了纸上。《杂五行书》记载："宋武帝女寿阳公主一日卧于含章殿檐下。梅花落公主额上，成五出花，拂之不去。"而本词中的一句"玉台弄粉花应妒，飘到眉心住"重新呼应了往日典故，而且还刻画了一个被贬的老人观梅以致忘怀得失的心情，正好呼应下文的"少年心"三字。诗人想想以前的时候在江南观梅，对着这样迷人的景色美景（"个里"，此中，这样的美好景色中），肯定是开怀畅饮，不醉不归，但是如今已今非昔比了，被贬流落已十年有余，仕途定是沉沦了，人也老了，那少年时的雅致再也找不回来了。本词的结尾可以算得上是一个大转弯，这里尽是"老"、"尽"之词，这些都传递着诗人心中的悲愤。用"愿杯深"三个字写出了当年的雅致之极、少年的快乐。这样的手法，更加生动形象地抒发诗人情感，令人耐人寻味。

诗人先写在"天涯"宜州看到含苞待放的梅花，又写了迟迟的梅香，最后写开遍向南的梅枝头。由"梅破"到"梅香"再到"开遍"，诗人介绍梅花是很有层次的。

　　这是一首感情至深的词，将山间孤落抑郁的人格风貌展现得淋漓尽致。全词先写景后抒情，曲婉细腻，穿插回忆，直抒心中愤慨。

北苑春风

——《满庭芳·茶》

北苑春风，方圭圆璧，万里名动京关。

碎身粉骨、功合上凌烟。

尊俎风流战胜，降春睡、开拓愁边。

纤纤捧，研膏溅乳，金缕鹧鸪斑。

相如虽病渴，一觞一咏，宾有群贤。

为扶起灯前，醉玉颓山。

搜搅胸中万卷，还倾动、三峡词源。

归来晚，文君未寝，相对小窗前。

（宋）黄庭坚

这首词是一首咏茶的词，词中写茶贯穿于名物之中，游离于著名典故之间，占尽千古风流。词不单毫不吝惜地赞美茶，还描述了邀朋呼侣集茶盛会。

"北苑春风，方圭圆璧，万里名动京关"这一句写出了茶的名贵，北苑建州，今指福建建瓯，此地在当时是朝廷贡茶的主要产地。因为是贡品，所以各道工序都非常精细，采择环节也不例外。根据蔡襄《北苑焙新茶诗》的记载："北苑（茶）发早而味尤佳，社（立春后第五个戊日为春社日）前十五日，即采其牙，日数千工，聚而造之，逼社（临近社日）即入贡。"所以"春风"两字，指的是社前之茶。这样讲究产地和节令，且"日费数千工"来制成方圆茶饼，蔡绦《铁围山丛谈》卷六且云"岁但可十百饼"，所以无怪要声传万里、名动汴京了。圭方璧圆，用以比喻茶饼的形状。

"碎身粉骨、功合上凌烟"，用研磨制茶的方法攀合将相报国的事情，用贡茶的名贵来比之开业之功，着意联想生发，避实就虚。后面接着写茶的用处，"尊俎风流战胜"是"战胜风流尊俎"的倒装，意思是指茶可以解酒提神、清神延睡，分忧排愁。"战胜"、"开边"，字面切合凌烟功臣。更有红巾翠袖，研茶沏水，纤纤玉指，捧精美茶盏，侍奉身前，可以称得上是一时雅事。"鹧鸪斑"，用它的纹色来代指茶盏，弥足珍贵。除了有好茶叶之外，还要有好的泉水、上等的茶具、好的捧盏人，所有这一切加起来才算得上是品茶之道。

　　这首词还描写了邀请朋友们集茶盛会的情景。原本为写自己雅集品茶，却倒腾出司马相如的风流韵事。茶能够解渴，所以以"相如病渴"引起。《史记》列传记载司马相如"常有消渴疾"。紧接着表达了他的宴宾豪兴，又悄悄进入茶会行令的本题。"为扶起灯前"下四句，是承接字面，表面上是写司马相如的酒兴文才，其实暗指茶客们啜饮集诗、比才斗学的雅兴。"一觞一咏"两句，用王羲之《兰亭集序》之文典，"醉玉颓山"用《世说新语·容止》中嵇康之事典。"搜搅胸中万卷"，用卢仝《走笔谢孟谏议寄新茶》诗"三碗搜枯肠，唯有文字五千卷"。"还倾动三峡词源"，用杜甫《醉歌行》中的"词源倒流三峡水"。连用四个典故，算得上是"无一字无来处"。最后带出卓文君，呼应相如，为他们的风流茶会作结，全词亦至此归结为一。

　　这首词虽然题为咏茶，但是通篇不着一个茶字，翻转于名物之中，出入于典故之间，不即不离，愈出愈奇。尤其是用司马相如集宴事绾合品茶盛会，专写古今风流，可谓得咏物词之神韵。

花退残红

——《蝶恋花·春景》

花褪残红青杏小。燕子飞时，绿水人家绕。

枝上柳绵吹又少，天涯何处无芳草？

墙里秋千墙外道。墙外行人，墙里佳人笑。

笑渐不闻声渐悄，多情却被无情恼。

（宋）苏轼

苏轼（1037年1月8日—1101年8月24日），字子瞻，又字和仲。号"东坡居士"，人称"苏东坡"。汉族，眉州眉山（今四川眉山）人。北宋文学家、词人、诗人、书画家，政治家，是豪放派词人的主要代表。

在文章方面，苏轼与欧阳修合称为"欧苏"，在词作领域，则与辛弃疾合称为"苏辛"。在诗歌领域与黄庭坚齐称"苏黄"，并与陆游一道并称为"苏陆"。在书法方面"自有新迹、不路古人"，开创"尚意"书风，他的作品《黄州寒食帖》被称为天下第三行书，与蔡襄、米芾、黄庭坚并称"宋四家"。在绘画领域，他擅长竹石朽木，反对程式束缚，重视神似，为后来"文人画"的发展打下了坚实的基础。后代文人称其为"坡仙""诗神""词圣"等。与父亲苏洵，弟苏辙同为唐宋八大家中之一，合称"三苏"。

1057 年（嘉祐二年），苏轼与弟弟苏辙一起高中进士。曾经在立新法的过程中反对王安石，后来被贬到黄州。于是人们多说："门下三父子，都是大文豪。"父子三人中，苏轼的成就高于其父苏洵和其弟苏辙。清人敬称说："一门父子三词客，千古文章四大家。""三词客"指的就是苏氏父子。

苏轼的词，多以豪放而著称。而他的这首《蝶恋花》，却表现了他词作清新、婉约的罕见特点，表现诗人创作上多方面的才能。这首词通过写春日的伤怀，抒写了诗人在前进的道路上有点失落的心情。

"花褪残红青杏小"，这一句不仅写出了衰败，还写出了新生。残红不在，青杏盈头，这原本写的是自然界正常的新陈代谢，但是却让人感到许多凄凉。望着眼前的春日情景，来抒发伤春的情怀，是古诗词中比较常见的方法，但是东坡却从里面超脱了。"燕子飞时，绿水人家绕"，诗人将视线转离枝头，转到广阔的空间，心情也慢慢敞亮了起来。燕子飞舞，绿水环抱着村上人家。春意盎然，一扫首句的凄凉。

"枝上柳绵吹又少"，与第一句"花褪残红青杏小"，原本共属一组，写的是树枝上的柳絮被吹得越来越少。可是诗人并没有作连续描写，用"燕子飞时，绿水人家绕"两句来穿插，在伤感的调子里注入了疏朗的气氛。絮飞花落，最能够激起人的思绪。这一"又"字，表明词人看絮飞花落，不止一次。伤春的情感，惜春的感情，见于言外。这些都是比较地道的婉约风格。据说苏轼谪居惠州的时候曾经命妾妇朝云歌这首词。朝云歌喉将啭，却已泪湿满襟。

"墙里秋千墙外道"，是指前面所描绘的那个"绿水人家"。因为是在绿水之内，又有高墙环绕，所以高墙外面的行人只能够听到高墙里面荡秋千的人发出笑声，却寻觅不见佳人踪迹，所以有了"墙外行人，墙里佳人笑"的词句。这让人很容易想到，在这个时候发出笑声的佳人正享受着秋千所带来的欢愉，这是一种隐显的手法。

我们读后不知道这位荡秋千的佳人是何等摸样，也不知她具体荡秋千的动作，我们只是听到她的一阵笑声，诗人这种隐佳人动作与面容的写法是让读者自己去跟随行人一起想象，让其在脑海中勾勒出一种少女在墙里愉快地荡着秋千的画面。是的，那一堵高墙挡住了我们的视线，但是没有遮住青春的美，也没有阻止人们对青春美的那种向往。这是一种相当高超的写法，用"隐"来激发读者的想象，从而拓展了"显"的意境。都是写女性的词，苏东坡一洗"花间派"的"绮怨"风气，描绘生动的情景而不流于艳，感情真率而不落于轻，确属高超技法。

从"墙里秋千墙外道"一直到词的最后，词意流走，一气呵成。在修辞方法上运用"顶真格"，即接着后面的句首"墙外"，紧接第一句句末的"墙外道"，第四句开始的"笑"紧接前一句句末的"笑"，滚滚向前，不可停止。根据词律，《蝶恋花》本为双叠，上下阕各四仄韵，字数相同，节奏相等。东坡的这首词，前后有着不同节奏的感情色彩，其实是诗人文思畅达，信笔直书，突破了词律。

乍一看，本词仿佛只写了风月之事，没有掺杂丝毫国事，但是经过仔细品味后才发现其实不然，读者会感到一种深沉的悲哀与无奈，与诗人这个时候被贬的心情非常匹配。其实诗人是巧妙地用佳人和行人来指代君王和自己，而"墙"在这里却有着两重意思，除了指实实在在的宫墙之外，还指横亘于诗人和君主之间阻碍知解的无形的心墙。诗人被贬惠州，没有办法进宫上朝面见君主，可谓是被拒于有形宫墙之外，而诗人之所以被贬，就是因为没有得到君王的赏识和重用，诗人政治上受敌对势力的离间和迫害，使诗人与君王之间形成深重的隔阂，可谓一堵无形的心墙。

本首词不同于苏词一般豪放的风格，虽然作者描写得有张有弛，但总的基调是忧郁的。作者触景生情，由前半部分"花褪残红青杏小"、"枝上柳绵吹又少"，从自然世界的短暂转向人生的无常，生出"多情却被无情恼"的叹息，寄托了诗人无限的感慨。

苏轼的诗流传至今的大约有 2700 多首，诗的内容非常丰富，风格也多样，其中多以豪放为主，幻变自如，具有鲜明的浪漫主义色彩，为宋朝诗歌发展开辟了新的道路。叶燮在其《原诗》中这样说道："苏轼之诗，其境界皆开辟古今之所未有，天地万物，嬉笑怒骂，无不鼓舞于笔端。"苏轼的个别诗作也能够反映出百姓的疾苦，同时也批评了统治者的骄纵奢侈。其词作开豪放一派，深刻影响着后世。《水调歌头·丙辰中秋》《念奴娇·赤壁怀古》流传相当广泛。苏轼所作之词存于现在大约 340 多首，摆脱了专写男女恋情和伤离别的狭窄题材，取而代之的是广阔的社会内容。苏轼把北宋诗文革新运动的精神，扩大到了词作的领域，打破了自晚唐五代以来的传统词风，开创了与婉约派并立的豪放派，扩大了词的题材，丰富了词的意境，冲破了诗庄词媚的界限，对词的革新和发展做出了重大贡献。

虽然苏轼有着和欧阳修一脉相承的文学观点，但是其更加强调文学的表现力、独创性和艺术价值。他的文学作品皆是"有为而作"，崇尚自然，不受束缚，"出新意于法度之中，寄妙理于豪放之外"。他认为文章应做到"如行云流水，初无定质，但常行于所当行，常止于所不可不止。文理自然，姿态横生"的艺术境界。

常羡人间
——《定风波·常羡人间琢玉郎》

　　常羡人间琢玉郎，天教分付点酥娘。自作清歌传皓齿，风起，雪飞炎海变清凉。

　　万里归来年愈少，微笑，笑时犹带岭梅香。试问岭南应不好，却道，此心安处是吾乡。

（宋）苏轼

　　苏轼的好友王定国因为遭受祸乱牵涉，所以被朝廷贬到地处岭南荒芜之地的宾州。王定国被贬以后，他的歌妓柔奴也跟着他来到被贬之地。公元 1083 年（元丰六年），王巩北归，出柔奴（别名寓娘）为苏轼劝酒。苏轼便向她询问广南风土，柔奴答曰"此心安处，便是吾乡"。苏轼听了之后非常感动，于是作了这首词来加以赞扬。这首词以明洁流畅的语言，言简意赅地刻画了柔奴外表与内心相统一的美好品性，通过对柔奴身处逆境却仍然安之若素的高贵品格进行颂扬，来抒发诗人在政治逆境中随遇而安、无往不快的旷达胸襟。

本词伊始写的是柔奴美丽的外表，开篇"常羡人间琢玉郎，天教分付点酥娘"，描绘的是王定国英俊丰神，柔奴的晶莹剔透、天生俊秀，这两人绝对是一对才子佳人。这一句使读者对她的外表有了一个十分完整、真切而又寓于质感的印象。第三句"自作清歌传皓齿，风起，雪飞炎海变清凉"意思是说：柔奴可以做出歌曲，动听悦耳的歌声能够从她芳洁的口中传出，让人感到仿佛风起雪飞，使火炉之地一下变为清凉之处，让政治上失意的主人不再浮躁不宁、忧郁苦闷，而是超然旷放、恬静安详。苏轼的词横放杰出，往往驰骋想象，构成一种奇美的境界。这里对"清歌"的过度描写，主要是来表现柔奴歌声独特的艺术效果。"诗言志，歌咏言"，"哀乐之心感，而歌咏之声发"（班固《汉书·艺文志》），悦耳动听的歌声来自于美好豁达的心灵。这不仅是对其高超歌技的赞美，也是对其广博胸怀的称颂，笔调空灵蕴藉，给人一种清丽旷达的美感。

后面通过对柔奴的北归描写，刻画她的内在美。换头承上启下，先对其神态容貌进行勾勒："万里归来年愈少。"岭南生活虽然非常艰苦，但是她却甘之如饴，心情舒畅，回来后容光焕发，显得更加年轻。"年愈少"三个字或多或少带有夸张的意思，洋溢着词人赞美历险若夷的女性的热情。"微笑"两个字，写出了柔奴在归来后的愉快中透露出的度过艰难岁月的那种自豪感。"岭梅"，指的是大庾岭上的梅花；"笑时犹带岭梅香"，表现出了浓郁的诗情，既写出了她北归时候经过大庾岭这一沟通岭南岭北咽喉通道时的情况，又用斗霜傲雪的岭梅喻人，来赞美柔奴克服困难的坚强意志，为后面她的答话作了铺垫。最后写到词人与她的问答。先用否定的语气来提问："试问岭南应不好？""却道"陡转，使答语"此心安处是吾乡"更显铿锵有力、警策隽永。白居易的《初出城留别》中这样记载"我生本无乡，心安是归处"，《种桃杏》记载"无论海角与天涯，大抵心安即是家"等语，苏轼受到白居易诗的启发，但是又明显地带有王定国和柔奴遭遇的烙印，有着词人自身的个性特征，全部都是苏东坡式的警语。它歌颂柔奴随缘自适的旷达快乐，同时也寄寓着诗人自己的人生态度和处世方法。

这首词不但刻画了歌女柔奴的姿容和才艺，而且还着重歌颂了她的美好情操和高洁人品。柔中带刚，情理交融，空灵清旷，细腻柔婉，是这首词的固有风格。

点点离人泪

——《水龙吟·次韵章质夫杨花词》

似花还似非花，也无人惜从教坠。抛家傍路，思量却是，无情有思。

萦损柔肠，困酣妖眼，欲开还闭。梦随风万里，寻郎去处，又还被，莺呼起。

不恨此花飞尽，恨西园，落红难缀。晓来雨过，遗踪何在？　一池萍碎。

春色三分，二分尘土，一分流水。细看来，不是杨花，点点是离人泪。

（宋）苏轼

相传这首词还有一个不一般的来历：苏轼的朋友章质夫曾经写了一首咏颂杨花词《水龙吟》，在当时口碑极好。为了和朋友的词，苏轼在保留原韵的基础上写了这首词并寄给了他的朋友。

通过丰富的想象和独特的艺术构思以及运用拟人化手法，词作者将咏物和写人巧妙地结合在一起，"即物即人，两不能别"。整首词写得声韵谐婉，缠绵动人，充分说明苏轼也可以将手中的词写得很婉约。

上阕第一句"似花还似非花"使人眼前一亮，多了许多玩味。看上去一方面像是在咏物象，一方面又像是言情，灵活地写出了杨花那种"似花非花"的奇妙姿态：说它"非花"，可是它的名字却叫杨花，和其他的花朵一样，一起在春天开放，然后在秋季凋零，说它"似花"，只因为它没有花的芬芳，而且形态十分娇小可人，只是暗暗地隐藏在枝头，并不为人所动。

第二句写道"也无人惜从教坠"。一个"坠"字深刻地体现出杨花飘落的情景，而一个"惜"字，则表明作者对它的喜爱和珍惜，而无人惜，是说天下虽然有很多喜爱花朵的人，可真正疼惜杨花的人自古以来就很少。

"抛家傍路，思量却是，无情有思"三句承接第二句中的"坠"字，写杨花坠落满地的宏大场景，杨花掉落不叫掉落，却说成是"抛家"，看起来这是一种无情的表现，但其实背地里却有一股常人难以寻觅的心思，就像杜甫所写的"落絮游丝亦有情"。从这里可以看出，苏轼是用拟人的手法来赞颂和描写杨花的，这和下文的主旨更是一般。

"萦损柔肠，困酣娇眼，欲开还闭"，这句起着十分明显的转折作用，从杨花跳到了柳树身上，并且将柳树想象成一个思妇，可谓匠心独具、想象奇特。

紧接着，下面这句话借杨花的飘舞来写一个女子思念丈夫，从而所展现出的那种不安定的神态、动作等，咏物生动逼真，充满真情实感，可谓缘物生情，以情映物，最终达到情景交融。

下阕开头"不恨此花飞尽，恨西园、落红难缀"以落红陪衬杨花，由衷表现出作者十分疼惜杨花的情怀和笔触。

继之以"晓来雨过"，写的是下过一场大雨后，这些飘落在地的杨花最终去了哪里呢？然后给出他的答案，原来是"一池萍碎"，最后全部都落到了池塘里。

以下"春色三分，二分尘土，一分流水"，这里是借用一组数字展现出作者惜花的感情。杨花的最终归宿和词人的满腔怜惜水乳交融，将咏物的感情升华到顶点。

篇末"细看来，不是杨花，点点是离人泪。"总收上文，既给了这首词一个恰如其分的结尾，也给人留下了无尽的思索和悬念。

眼前的流水并不是真的流水，此时已经化作思妇的泪水；然后又将这因思念之情而升起的相思想象成一朵朵的杨花，可谓是虚实相间，妙趣横生。

读完这首诗，我仿佛看到一个面容姣好的妇人，此时正端坐在窗台前，望着窗外正随风飘舞的杨花发呆，她或许是想到了那个已经离家三年的丈夫，现在窗外春色正好，不知道丈夫走到了哪个地方，不知道此时此刻是否和自己一样，正饱受相思的煎熬。

她或许是有些后悔的，后悔当初丈夫在收拾行李的时候，没能一把将他拦下，让他从此留在自己的身边。

忽然想到那个不知愁苦的闺中少妇，"闺中少妇不知愁，春日凝妆上翠楼，忽见陌头杨柳色，悔教夫婿觅封侯。"

是啊，外面春光大好，到处都是生机一片，外面的天地广阔，出了家门的男人，还愿意为自己管住他的那一双桃花眼吗？

如果他有幸考上了，实现了自己的人生梦想，那自然是件好事，可是如果因此，他忽然嫌弃自己只是一个斗字不识的乡村少妇，一心想要寻觅一个门当户对的爱人，自己可该怎么办呢？

一想到这里，她的心里一瞬间也充满了懊悔。

女人，你的名字叫脆弱，为什么总将主宰命运的绳索轻易就放到别人的手里呢？这首诗里的杨花一般的女子是这样，苏轼为她们感到惋惜和可怜，所以才会写杨花，用杨花比喻女人。由此可见，这首词的主旨是这样的：天地下疼惜女子的男子自然有很多，可是有谁是真的肯疼惜杨花一般的女子呢？

笑问杨花花不语，点点都是离人泪。

正是这样的眼泪，赋予苏轼哀愁，但也正是这位词人尖锐、锋利的笔锋，使得人们意识到杨花以及如它一般的女子的可贵。

月明千里

——《浣溪沙·山色横侵蘸晕霞》

山色横侵蘸晕霞，湘川风静吐寒花。远林屋散尚啼鸦。

梦到故园多少路，酒醒南望隔天涯。月明千里照平沙。

（宋）苏轼

苏轼的这首词大约写于宋朝仁宗四年（1059 年），苏轼于仁宗二年考中进士，不久母亲就病逝了，苏轼回家料理母亲的丧事，事情办妥之后从家乡返京，这首词就是作于回京的路上。

远处苍翠的山色画面巍峨相连，远处的天空布满了绚丽多彩的晚霞，与眼前的山色相互辉映着，你中有我，我中有你。这古荆州地区已经到处充斥着凉寂的秋风，即便是多么微小的尘土也不沾染，菊花异常的娇媚，用尽浑身的力气努力开放着。在远方，一片片的树林掩映着处处村落，还来不及仔细端详，这一画卷似乎已经被传来的乌鸦的啼鸣所打破。

不管是古代还是现在，中国人安土重迁、背土思乡的情怀一直都非常浓重的。在现实与理想面前，青年人追求使命的过程似乎并不是单一的，它往往已被埋下了背井离乡的种子。在一代代宦海沉沦、纵横商海的人群中，有多少子弟误把他乡当做故乡？人们总是共同向往着叶落归根。无论是谁，当他背起行囊，奋斗他乡的时候，他的心无时无刻不是朝着家的方向的。特别是在亲人病故的时候，或是亲朋有疾的时候，这种思家的情绪就显得非常强烈。这正如苏轼作品中的"回到故乡""倚窗南望"，尽管如此，残酷的现实只给他"多少路""隔天涯""明月千里照平沙"。低头抬手之间全是无尽悲凉，大街小巷之处不见任何知音，实在是悲凉至极。生命就是这样，岁月长流，但愿人长久，千里共婵娟。

对酒当歌

——《蝶恋花·伫倚危楼风细细》

伫倚危楼风细细，望极春愁，黯黯生天际。草色烟光残照里，无言谁会凭阑意。

拟把疏狂图一醉，对酒当歌，强乐还无味。衣带渐宽终不悔，为伊消得人憔悴。

（宋）柳永

柳永（约987-约1053）字耆卿，原名三变，北宋著名词人，今福建崇安县人。仁宗景佑元年（1034）进士，官至屯田员外郎，人称柳屯田。早年多次科举都名落孙山，一生仕途不如人意，生活穷愁潦倒，做事一直是玩世不恭的态度。他多数时间生活在城市，时常活动于倡馆酒楼之间，经常与教坊的乐工与歌伎们打交道，所以非常熟悉士民、歌伎的生活，并知晓音律。他是北宋第一个专门作词的词作家。他生活的环境及条件让他成为以描写城市风貌见长的婉约派的代表词人。

柳永对北宋词作的发展作出了重要贡献。第一，他创作了很多慢词长调，逐渐确立慢词的优势地位，从而为词可以承载更多的内容提供了可能；第二，他拓展了词的表现手法，善于铺叙和使用白描，写景与抒情密切结合，语言通俗易懂，音律和谐优美。柳永的词深刻影响着秦观等人，也影响着后来的说唱文学和戏曲作家的曲辞创作。柳词在宋元时期流传最广，相传当时"凡有井水饮处，即能歌柳词"。

柳永虽然有才华，但是人生路途却非常坎坷，许多时候和歌伎们一起过着衣红偎翠、浅斟吟唱的生活。他非常了解这些歌伎们的生活，也对他们的遭遇表示深切同情。他的许多作品都是反映同歌伎们在一起时的悲欢离合。《雨霖铃》便是其中广为世人传诵的一首。这首词写的是他离开都城汴京城时与一位红颜知己缠绵悱恻、哀婉动人的别离情景。

柳永虽然出身于儒宦家庭，但是却拥有一身与之不匹配的浪漫气息和音乐才华，他既要美人，又要仕途。一部《乐章集》就是他对两者的执着追求，也是失志之伤与儿女柔情的完美结合。他很想成为一个文人雅士，但是却永远不能脱掉对俗世生活和情爱的依靠；

而当他寻花觅柳的时候，却又在挂念着自己的仕途功名。柳永显然是非常矛盾的，但是他的矛盾既源于他本人，也源于他所生活的社会。他是仕途的失败者，无暇去关注人的永恒普遍的生命忧患，而是侧重于深思自我命运，向往和追求真爱，执着于追求功名利禄，抒发自己怀才不遇，命途多舛的痛苦。因此他只能做着拖着一条世俗尾巴的自封的"白衣卿相"。

这首词运用"曲径通幽"的表现方式来抒发真挚的感情，非常巧妙地把飘泊在他乡的落魄感受同思念意中人的那种感情融为一体。

"伫倚危楼风细细"，这是本首词中仅有的一句叙事，表现出像一幅剪纸般的主人公外形。这一句也表达了诗人登楼时所引起的"春愁"。"风细细"，带写一笔景物，给这幅剪影添加了一点背景，让画面马上活跃了起来。

"望极春愁，黯黯生天际"，极目天涯，心中悠然而生一种黯然魂销的"春愁"。"春愁"，又在不知不觉中交代了时令。对于这具体的"愁"的内容，诗人只说了句"生天际"，看来是天际的什么景物触动了他的愁怀。从下一句"草色烟光"来看，是春草。芳草萋萋，划尽还生，非常容易让人联想到愁恨的连绵无尽。作者借用春草，说明自己已经游怠思归，也表示自己非常怀念自己亲爱的人。那天际的春草，所牵动的词人的"春愁"究竟是哪一种呢？作者却写到这里结尾，不想多说了。

"草色烟光残照里，无言谁会凭阑意"这两句交代了主人公的孤
单凄凉的感觉。前一句的景物描写交代了时间，可以知道，他站立
楼头眺望那么久，已到傍晚还不忍离去。"草色烟光"描写了非常
生动逼真的春天景色。春草，铺地如茵，登高往下俯瞰，夕阳的余
辉下，闪烁着一层迷蒙的如烟似雾的光色。一种非常凄美的景色，
再加上"残照"两个字，就又多了一层伤感的色彩，为后面一句抒
情做好铺垫。"无言谁会凭阑意"，因为无人能够理解他登高俯瞰的
心情，因此他默默无言。有"春愁"却又不知道怎样去诉说，这虽
然不是"春愁"本身的内容，却让这"春愁"更加愁苦。作者并没
有介绍自己有着怎样的"春愁"，却又掉转笔墨，开始怪罪别人不理
解自己的心情来了。作者移动笔锋，写他怎样苦中求乐。"愁"，定
是痛苦的，那还是把它忘却，自寻开心吧！"拟把疏狂图一醉"，写
他的打算。他已经深深体会到了这孤寂的"春愁"，仅凭自身的力量
是难以排遣的，因此他要借酒浇愁。词人说得很清楚，目的是只求
一醉。为了追求这"一醉"，他开始"疏狂"了，他不拘于形迹，只
要喝醉便可。不仅要痛饮，还要"对酒当歌"，借高歌一曲来抒发他
的愁怀，却落得个"强乐还无味"的结果，他并没有控制住自己的
"春愁"。故作欢乐而"无味"，更描写了"春愁"的缠绵和执着。

到此处，诗人才说这"春愁"象征着一种坚贞不渝的感情。他
之所以挥之不去满怀的愁绪，主要是因为他不仅不想摆脱这"春愁"
的纠缠，甚至心甘情愿为"春愁"所折磨，即使渐渐形容憔悴、瘦

骨伶仃，也决不后悔。"为伊消得人憔悴"才一语破的：词人的所谓"春愁"，其实是一种强烈的"相思"。

　　事实上，该词通篇洋溢着"春愁"就是"相思"，但却又迟迟没有道破，只是在周围盘旋着向读者传递出一些消息，眼看要写到了，却又忍住不点透，掉转笔墨，如此影影绰绰，扑朔迷离，千回路转，直到最后一句，才交代真相。当这首词的相思之情达到高潮的时候，却戛然而止，激情回荡，感染力更强了。

晚景萧疏

——《玉蝴蝶·望处雨收云断》

　　望处雨收云断，凭阑悄悄，目送秋光。晚景萧疏，堪动宋玉悲凉。水风轻、苹花渐老，月露冷、梧叶飘黄。遣情伤。故人何在，烟水茫茫。

　　难忘文期酒会，几孤风月，屡变星霜。海阔山遥，未知何处是潇湘！念双燕、难凭远信，指暮天、空识归航。黯相望。断鸿声里，立尽斜阳。

（宋）柳永

　　柳永的这首《玉蝴蝶》，与他的《八声甘州》是差不多的风格，它通过对萧疏秋景的描写，来抒发对朋友的思念之情。词以抒情为主，把写景和叙事，怀人忆旧、羁旅和离别、时间和空间，融汇成了一个浑然的艺术作品，具有高超的艺术感染力。

"望处雨收云断"，这一句写的是即目所见的景色，可以看到远处天边风云变幻的痕迹，使清秋的景色显得更加朗美。"凭阑悄悄"四个字，道出了自己倚阑远望时的忧伤。这种情怀又落到后边的"目送秋光"上。"悄悄"写的是忧愁的样子。面对着向晚黄昏的萧疏秋景，自然而然地会引起悲秋的感叹，让人想起那号称千古悲秋之祖的诗人宋玉来。"晚景萧疏，堪动宋玉悲凉"，紧接上文，概括了这种感受。宋玉的身世感慨与悲秋情怀，这时都齐聚柳永的心头，引起了他的共鸣。他按捺住自己心中的所有思绪，将视线由远及近，选取了最能够表现秋天景物特征的事物，作非常细致的描写。"水风轻、苹花渐老，月露冷、梧叶飘黄"这两句，仿佛是故意用特写镜头记录下的一幅极富诗意的画面：只见秋风轻轻地吹拂着水面，白苹花渐渐老了，在秋天月寒露冷的时节，梧桐叶渐渐地黄了起来，正一片一片地轻轻落下。萧疏衰飒的秋夜，自然让人产生凄清沉寂的感觉。"轻"和"冷"两个字，正写出了清秋季节的这种感受。"苹花渐老"，不仅是写眼前所见景物，还寄寓着词人寄迹江湖、华发渐增的感慨。"梧叶飘黄"的"黄"字用得非常好，写出了梧叶飘落的景象。"飘"者有声，"黄"者有色，"飘黄"二字，写得非常有声色，"黄"字不仅渲染了气氛，还点缀了秋天景色。作者捕捉了最典型的水风、苹花、月露、梧叶等秋天景物，用"轻"、

"老"、"冷"、"黄"四个字来作烘托，错落成一幅冷清孤寂的秋光景色图，为下文的抒情作了有力的铺垫。"遣情伤"一句，由上文的景物描写中来，由景及情，词中是一转折。景物描写之后，词人引出了"故人何在，烟水茫茫"两句，不仅可以承上启下，还可以统摄全篇，是整首词的主旨。"烟水茫茫"是迷蒙而不可尽见的景色，阔大而浑厚，同时也是因为思念故人而产生的殷实的感情，这里情景深刻交融。这几句短促凝重，大笔濡染，声情跌宕，苍莽横绝，算得上是整首词的精华。

词中"难忘"两个字唤起了诗人对故人的怀念之情，波澜起伏，错落有致。想起当年跟朋友一块时的"文期酒会"，那赏心乐事，到现在还记忆犹新。离别之后，已经物去星移、春秋几度，不知错过了多少因无心观赏而白白浪费的良辰美景。"几孤""屡变"，说明已是离别了很久，旨在强调别后的怅惘。"海阔山遥"那句，又从回忆带到眼前的思念。"潇湘"在此处指的是友人所在地，因不知故人在何处，故曰"未知何处是潇湘"。

"念双燕、难凭远信，指暮天、空识归航"，写不能与思念中人相见而产生的无奈至极的心情。眼前成双飞去的燕子是不能向故人传递消息的，以寓与友人欲通音讯，无人能托。盼望友人回来，却又一次次落空，故云"指暮天、空识归航"。这句词将思念友人的深沉、真诚的感情表现得淋漓尽致。看到天际的归舟，还以为是故人归来，但到头来却是一场误会，归舟只是空惹相思，好像嘲弄自己的不变痴情。一个"空"字,将急切盼望友人归来的心情写活了。它把思念友人的感情推向了高潮和顶点。词人在这里为对方着想,从对方落笔,从而折射出自己长年羁旅、怅惘不堪的留滞感情。

"黯相望"一直到词的最后,笔锋回到自己身上。作者借助断鸿的哀鸣,来衬托自己的孤独怅惘,可谓妙合无垠,声情凄婉。"立尽斜阳"四个字,画出了抒情主人公的形象,他久久地伫立夕阳残照之中,如呆如痴,感情完全沉浸在回忆与思念当中。"立尽"两个字言凭栏伫立之久,念远怀人之深,从而使羁旅不堪之苦言外自现。

总之,柳永的这首词有着非常分明的层次、十分完整的结构、井然清晰的脉络,非常有效地传达了诗人感情的律动。同时在修辞上不轻率、不雕琢,而是俗中有雅,平中见奇,隽永有味,所以能够雅俗共赏。

吹破残烟

——《鹧鸪天·吹破残烟入夜风》

吹破残烟入夜风。一轩明月上帘栊。因惊路远人还
远，纵得心同寝未同。

情脉脉，意忡忡。碧云归去认无踪。只应曾向前生
里，爱把鸳鸯两处笼。

（宋）柳永

柳永在 51 岁的时候才及第，去过福建，作有《煮海歌》，表达了
对在当时以煮盐为生的百姓的深刻同情、怜悯之情。在他短短两年
的仕途生涯中，他的名姓就被载入到了《海内名宦录》里，完全能
够证明他在经纶事物上的天赋。可惜因为自己性格的原因，屡次遭

受排贬，所以进入四处漂泊的"浮生"，养成了一种偏好萧索景物，哀伤风景的品质。

词精粹警拔，甘之如饴。上半部分的四句，前两句主要描写景物，后两句主要是抒情。写了清冷空寂的景，抒发了韵悠意远的情。"路远人还远"前冠"因惊"，遂得精警拔俗之妙。所谓"人还远"，即人更远也，即心远也。与欧阳修"平荒尽出是春山，行人更在春山外"用意相埒。只是欧词是根据闺妇的感受来说的，而这首柳词则是以行人心会出之，俱可称俊语。

下半部分的精华在最后两句。前生有爱，缘自然可以相期，是一种自慰语，也是祝祷语，更是一种期待语，与语"愿天下有缘得都成了眷属"有着异曲同工之妙，它使全词提高了一个音节，可堪细品。《全宋词》这首词调名下唐圭璋括注一行小字曰："案此首调名原作《瑞这股》，非，今按律改。"至于"情脉脉"，《古诗十九首·摇摇牵牛星》："盈盈一水间，脉脉不得语""脉脉"，指的是情意绵绵，凝视不语的样子。"碧云归去认无踪"，谓即使归去也很难寻得旧欢。碧云，碧空中的云彩，比喻远方或天边，多用来形容那些离愁别绪。"只应曾向前生里，爱把鸳鸯两处笼"指的是男女的情事须有缘分，前世有缘今世才能够在一起。前生，佛教认为每个人都有三生，即前生、今生、来世。生，也可以理解为"世"。前生即前一辈子，相对今生来说。

全诗感情浓烈，格调高亢，可堪细品。

辑三 ／ 如梦如幻——明清

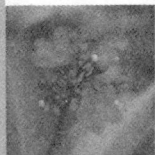

明朝短暂，短似南柯一梦。梦醒了，梦中人还不知自己的剧情，早已落幕；清有盛世，在光辉灿烂的大清统治之下，大清文化亦是焕发勃勃的生机。只是，在众多的情愫中，这两朝时期的儿女情长，注定成为词人们关注的焦点，这感情千秋万载，几经纷扰，或短如南柯一梦，或长似漫漫迷梦。如今回首过往，只剩尘埃，当我们循着卷卷书香往前探望，梦里梦外，不禁要问，是谁家的落花又伤到了花间的蝴蝶？

愿做桃花仙

——《桃花庵歌·桃花坞里桃花庵》

桃花坞里桃花庵，桃花庵下桃花仙；

桃花仙人种桃树，又摘桃花卖酒钱。

酒醒只在花前坐，酒醉换来花下眠；

半醒半醉日复日，花落花开年复年。

但愿老死花酒间，不愿鞠躬车马前；

车尘马足富者趣，酒盏花枝贫者缘。

若将富贵比贫者，一在平地一在天；

若将贫贱比车马，他得驱驰我得闲。

别人笑我忒疯癫，我笑别人看不穿；

不见五陵豪杰墓，无花无酒锄作田。

（明）唐寅

桃花坞位于苏州城以北，宋朝时代曾经是枢密章楶的别墅，后来荒废成为一处蔬圃，被唐寅相中，在正德二年（1507）将其建成于桃花庵别墅，自号"桃花庵主"，那一年，唐寅38岁。唐寅后半生的多数时间就居住在这里，广结好友，酒诗为伴。《桃花庵歌》就在这样的环境下诞生了，是自况、自谴兼以警世之作。

整首诗共描写了两幅画面，一幅是汉朝高官与名豪的生活场景，另一幅是作者自己的生活情景。诗人只使用了"鞠躬车马前""碌碌""车尘马足"等十几个字，就把汉朝高官和名豪的生活场景传神地描绘了出来。相比之下，诗人自己的生活情景描绘得非常详细，"种桃树""摘桃花换酒钱""酒醒只在花前坐，酒醉还来花下眠""半醉半醒日复日""但愿老死花酒间，不愿鞠躬车马前""酒盏花枝隐士缘"。这两幅画卷哪个更好就交由读者评说了。

"桃花坞里桃花庵，桃花庵里桃花仙。桃花仙人种桃树，又摘桃花换酒钱。"这四句，仿佛一个可以调节的镜头，从远及近，把一幅画里的神仙陡然呈现在读者面前。短短四行，却出现了六个"桃花"，循环复沓，前后相连，浓墨重彩，迅速形成一个花的海洋，让读者忽然落入他心中的情境之中。不紧不慢的语调和语速，又进一步激起了读者的亲切感和好奇心：这桃花仙人到底过着什么样的神仙生活啊？后面的四行就开始描绘一幅"醉卧花间"的美卷："酒醒只在花前坐，酒醉还来花下眠。半醒半醉日复日，花落花开年复年。"年复一年、日复一日地醉酒赏花！这桃花仙人的逍遥快活可想而知，花和酒，已不完全是诗人能够遣怀的外物，简直是诗人命中的一部分，或者说也成了独立的生命个体，花、酒与人，融为一个和谐的整体。以上几句可以说是作者的自身情况的写照，非常生动、鲜明而意义深远。那个曾经幻想"朝为田舍郎，暮登天子堂"（高明《琵琶记》）的学生唐寅不见了，那个"烟街柳巷，醉生梦死"的风流才子也找不到了，痛苦欢乐都经历过，在经历了多年放浪的生活之后，唐寅最后还是选择远避闹市，为自己物色了这样一处世外桃源，和继娶的沈氏，开始了平静的隐居生活。虽然仕进无门，但是毕竟身有所托，又恰逢壮年，美景逸思，一咏成诗。

"但愿老死花酒间，不愿鞠躬车马前。"这是全诗中承上启下的一句，写出了诗人的志趣所在：与其为了追求功名利禄而卑躬屈膝，还不如索性快意花酒。"车尘马足贵者趣，酒盏花枝贫者缘。若将富贵比贫者，一在平地一在天。""车尘马足"暗指那些富足显贵的情趣，而花与酒注定是贫者的知音。假如用金钱和物质来衡量，自然是有着天壤之别的两种人和两种生活，但是换个角度去想一下：那些富足显贵要时时刻刻绷紧神经，小心翼翼、如履薄冰般地生活，而所谓贫穷的人，却可以多几分闲情和几分逸趣，活得更加轻松和快乐。上面六行皆使用对比描写手法，感情在激烈的碰撞中展开，每一句都韵律工整，前紧后舒，充分表现出作者傲世不羁的鲜明个性，以及对桃花庵生活的满足。

但是并不是每个人都能悟得个中真义，君不见"别人笑我忒疯癫"，而"我"，却回以别人："我笑他人看不穿。"难道你们没有注意到，往日那些叱咤风云、富贵无限的君王将相，现在又有着怎样的下场呢？不但身已没，势已落，就连花与酒这些在他们生前不屑一顾的东西都没有办法奢望了，甚至连坟茔都保不住。假如他们能够在天有知，也只好无可奈何地看着农夫在自己葬身的土地上耕作了。"不见五陵豪杰墓，无花无酒锄作田！"一句收束，戛然而止，余味绵绵。

这首诗语言浅显，层次明落，回旋委婉，使用几近民谣般的自言自语。然而就是这样的自言自语，却蕴涵了无穷的艺术张力，给人以绵延的审美享受和强烈的认同感，绝对称得上是唐寅诗中之最上乘者。

雨打梨花

——《一剪梅·雨打梨花深闭门》

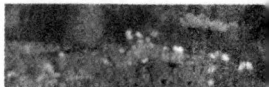

　　红满苔阶绿满枝，杜宇声声，杜宇声悲！交欢未久又分离，彩凤孤飞，彩凤孤栖。

　　别后相思是几时？后会难知，后会难期。此情何以表相思？一首情词，一首情诗。

　　雨打梨花深闭门，孤负青春，虚负青春。赏心乐事共谁论？花下销魂，月下销魂。

　　愁聚眉峰尽日颦，千点啼痕，万点啼痕。晓看天色暮看云，行也思君，坐也思君。

（明）唐寅

唐寅（1470—1523年），字伯虎，号六如居士，苏州人，明代中期著名文学家、书法家和画家，与祝允明、文徵明、徐祯卿一道被誉为"吴门四才子"，和仇英、文徵明、沈周并列"明四家"。从小聪明伶俐，二十多岁时屡遭不幸，其父母、妻子、妹妹相继去世，家境开始衰败，在好友祝允明的规劝下专心读书。于29岁参加公试并取得第一名"解元"。30岁进京会试，却受到考场舞弊案的牵连被斥为吏。后来绝意进取，以卖画为生。正德九年（1514年），曾应宁王朱宸濠之请赴南昌半年余，后来觉察宁王图谋不轨，于是装疯甚至在大街上裸奔才得以逃生。晚年的时候生活潦倒，54岁去世。虽然历史上的唐伯虎才华出众，有着崇高的理想抱负，是位天才画家，但是他那愤世嫉俗的性格注定与当时社会不相容。他一生坎坷，最后穷困潦倒而终，年仅54岁。他的绝笔诗就表达了他刻骨铭心的留恋人间而又愤世嫉俗的复杂心情："生在阳间有散场，死归地府又何妨。阳间地府俱相似，只当飘流在异乡。"

唐寅在文学方面上成就卓著。工诗文，他的诗多纪游、题画、感怀的作品，主要表达狂放和孤傲的心境，以及对世态炎凉的感慨，以俚语、俗语入诗，通俗易懂，语浅意隽。著有《六如居士集》，清人辑有《六如居士全集》。

这首词的好处不只在于清圆流转的词句，其于明快吟诵中所表现的空间阻隔烧灼着痴恋女子的幽深委婉心态更是高明。唐寅轻捷地抒发了一种被时空折磨的痛苦，整首词交叉互补、回环往复，把一个满脸泪痕的痴心女形象灵动地显现于笔端。

　　"雨打梨花深闭门"，用宋人李重元《忆王孙·春词》结末成句。"销魂"的意思是黯然神伤；"颦"指皱眉；"愁聚眉峰尽日颦"的意思为整日眉头皱蹙如黛峰耸起。"晓看天色暮看云"中的两个"看"字虽是无意义的举止，乃特定心态的外现行为。

　　"闺怨"的用法在历代词人笔下堪称汗牛充栋，越是平常相见的题材越难以出新意，从而其可贵之处也尤在能够别具心裁。空间非常无情地拉开相恋者们的距离，而空间上的阻挠又必定在一次次的"雨打梨花"、"春来春去"中加重其以前曾经有过的那种"赏心乐事"的落差感；青春年华也就无可挽回地在花前月下、神伤徘徊之间被残酷地耗掉。时间最终在空间中消逝，空间的凝滞、间距的未能缩却，也催促着时光的消失。上半部分的"花下销魂，月下销魂"，是无处不令"我"回思过去的温馨；下半部分的"行也思君，坐也思君"则写满朝暮之间时时刻刻都在翘首企盼心上人的归来，重续恋情。总之，唐寅轻捷地抒述了一种被时空折磨的痛苦，上下片交叉互补、回环往复，诚无愧其"才子"之誉称。

　　唐寅有着非常特别的诗风，据说他很早就曾下苦功夫研究过《昭明文选》，所以早年的作品工整妍丽，非常接近六朝的气息。他在泄题案发生之后的诗作，多以描写自己的处境为主，是真情实感的自然流露，虽然有的地方在字句上推敲得不是很精炼，但是我们可以感觉到唐寅张口就来的才气。

　　唐寅的诗文平易真切，不拘成法，使用了大量口语，意境清新，对人生、社会常常怀着傲岸不平的气息。除了诗文之外，唐寅多采用民歌的形式偶尔作曲，由于在多方面深厚的文学艺术修养，经历坎坷，见多识广，对人生、社会的理解较深，所以作品雅俗共赏，声名远扬。

　　另外，唐寅还非常擅长山水、人物、花鸟画，其山水画早年师从多位名师，加以变化，画中山重岭复，以小斧劈皴为之，雄伟险峻，而笔墨细秀，布局疏朗，风格秀逸清俊。唐寅的人物画多是仕女和历史故事，师承唐代传统，线条清细，色彩艳丽清雅，体态优美，造型准确。

落霞孤鹜

——《题落霞孤鹜图》

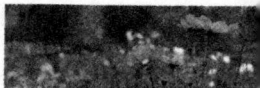

画栋朱帘烟水中，落霞孤鹜渺无踪。

千年想见王南海，曾借龙王一阵风。

（明）唐寅

《落霞孤鹜图》是唐寅苍秀山水画的知名代表作。作者作画的意图是借《滕王阁序》作者王勃的少年得志，来反衬自己坎坷的经历，大吐不快。这幅画接近南宋院体，与北宋、元代的画作风格迥异，是诗人盛年时的得意之作。唐寅不但擅长绘画，而且还兼长诗文、书法，堪称"三绝"，他用其高度的文化修养，深化了他艺术表现的层次。

　　《落霞孤鹜图》主要描绘的是高峰耸峙，一些茂密的柳树与阁台轩榭交相映照。阁中有一独坐遥望之人，两侧有童子侍立，远方则是落霞和孤鹜，烟水微茫，情景非常宏阔，确实有"落霞与孤鹜齐飞，秋水共长天一色"的旷世美感。整幅画的境界沉静，深藏着一种文人画的气质。画面左上题道："画栋珠帘烟水中，落霞孤鹜渺无踪。千年想见王南海，曾借龙王一阵风。"这首诗是借用了王勃创作《滕王阁序》的典故。"画栋珠帘"之语出自《滕王阁》的诗"画栋朝飞南浦云，珠帘暮卷西山雨"。"落霞孤鹜"出自序中"落霞与孤鹜齐飞，秋水共长天一色"这一句。"曾借龙王一阵风"表达出天助王勃的意思。唐咸亨二年（671年），阎伯屿为洪州牧，重修滕王阁。9月9日，宴宾客于阁。欲夸其婿吴子章才，令预先作序。那个时候王勃省父，走到马当，距离南昌还有百里。梦水神告曰：助风一帆。早晨到达南昌，参加宴会。阎虚请所到宾客作序，问到王勃时，却遭到拒绝。阎非常气愤，密令吏得句即报。至"落霞与孤鹜齐飞，秋水共长天一色"两句，感叹道：此人是天才。唐伯虎是借王勃的少年得志，来衬托自己坎坷的遭遇，抒发了自己怀才不遇的不悦之情。苍山依旧葱葱，江水依然悠悠，而那个写出了"落霞与孤鹜齐飞，秋水共长天一色"的王勃在哪儿呀？他当年不正是凭着阎太守对他的赏识，才名垂青史的吗？这幅画里寄托了作者的理想抱负，但是却没有办法得志。

　　唐伯虎对王勃的才华也表示叹服，所以诞生了画作《落霞孤鹜图》，此画也成为了唐伯虎山水画的代表作品。《落霞孤鹜图》绢本大轴，意境旷达。画面的下端绘有傍石临水的楼阁，在扶疏垂柳间掩映，楼阁后面有高耸的山峦，山顶长着丰茂的杂草树木。楼阁中依墙而设有一桌，上面有花瓶古书，一人瞭望天边落霞孤鹜，身后侍立一童。楼阁下的水里有一人在泛荡小舟。画中婀娜的垂柳昭示着作者深厚的画功，画界有云"画树难画柳"，然而这幅画中的柳枝用笔紧劲连绵，柳叶绘制疏密得宜。树干造型形态各异，或树皮爆裂，偃卧像老翁；或盘根错节，如壮汉斜靠；或树干浑圆，静立如处子。山石皴法以南宋李唐、刘松年为最高超，但用笔用墨上已加变化，缜密秀润。人们亦称这种皴法为"水皴"。这幅画画构十分简洁，用笔多为细劲中锋，有刚柔相济的美感。在表现技法上，近景的山石大多使用湿笔皴擦，勾斫相间，用墨较重。整幅画墨色和悦润泽，景物处理飘逸洒脱，山石轮廓用较干笔皴擦点染，线条变幻自如，风格苍秀劲洒，构图不落俗套。而且里面树木、阁舍、溪流穿插非常有序，非常富有韵律和文人画秀润空灵的美感，墨色淋漓畅酣，浓淡变化十分到位。

正是由于唐伯虎的怀才不遇才有了这幅画的问世，也才使整幅画好像染上了浓浓的愁绪，也使观者感同身受。

把酒对月

——《把酒对月歌》

李白前时原有月，惟有李白诗能说。

李白如今已仙去，月在青天几圆缺？

今人犹歌李白诗，明月还如李白时。

我学李白对明月，月与李白安能知！

李白能诗复能酒，我今百杯复千首。

我愧虽无李白才，料应月不嫌我丑。

我也不登天子船，我也不上长安眠。

姑苏城外一茅屋，万树桃花月满天。

（明）唐寅

唐寅的这首诗用极其通俗的语言表达了对李白的敬仰之情，也展现出诗人豪放的性格。

这首诗中到处可见俗语，颇具民歌的特征。由于明代诗词深受小说、戏剧这些大众文学的影响，已经产生了较多的陋、俚、俗，这本来也算不上是稀奇事。但是这首诗因大肆使用俚俗语句，甚至遭到清代诗词评论家们的恶评，曰"俗不可耐"。事实上，唐寅的才情，绝不逊于那些唐宋诗词人物。他在俚语中刻画的是"自我"，更讲究深层次的精神追求，而不是那些外表的表现形式。首先，他肯定了自己的"无才"和"丑"，然而马上把笔锋转向"月"这个静谧的事物，超凡脱俗，淡然而出，更反衬出才子的高尚情怀。所以，"不登天子船""不上长安眠"（长安表示仕途）这是相当洒脱的，最后两句拉近了天上和人间的距离。整部作品挥洒自如，不失天然之趣。

"百年障眼书千卷，四海资身笔一支。""醉舞狂歌五十年，花中行乐月中眠。"这是唐寅真实的人生写照。作为一个诗歌、书法、绘画都比较擅长的卓越才子，会试的时候，与邻邑富家子弟徐经结伴赴考，徐经贿赂主考官程敏政家童案发。唐寅也受到这宗科场舞弊案的牵连，下诏狱，谪为吏，耻不受。这彻底浇灭了他的仕途之梦，也使他蒙受了终身的耻辱。自那以后，心高气傲、才华不世的唐寅"此生已谢功名念"。还乡后曾被朱宸濠优礼而聘，因察他具有异志，佯狂而返，筑室于苏州金阊门外的桃花坞，经常高朋满座，座无虚席，饮酒作乐。自刻一印章："江南第一风流才子。"后期人生观受佛家理论影响较大，他取《金刚般若波罗蜜经》："一切有为法，如梦幻泡影，如露亦如电，应作如是观"偈语，自号"六如居士"。《把酒对月歌》通过"把酒对月"这一特定的动作，跟李白的精神境界相连接，从而表达了自己傲身世外的情怀，表明不屑于与世俗委蛇，安居贫贱的想法，并带有浓厚的出世态度，诗句流转洒落，有率真本色。

月亮可不是一般的事物，它是一种融合了丰富的情怀和文化的天文现象和人文意象。唐代张若虚的《春江花月夜》这样写月："江畔何人初见月，江月何年初照人。人生代代无穷已，江月年年只相似。"李白有诗云"举杯邀明月，对影成三人。"诗人与月亮就这样形成了一种特定的不解之缘。诗人借月抒发情感，而月因为诗人的描写却越发神秘和高贵。唐寅《把酒对月歌》高度赞颂了李白的咏月诗："李白前时原有月，惟有李白诗能说。"通过把李白的才、诗、酒、月、志与自己的才、诗、酒、月、志进行对比，显示了自己与"谪仙"李白的同与不同，同以诗、月、酒为友，同是傲视不群，不为权贵摧眉折腰。李白有出有处，而唐寅则一直隐居，悠游、徜徉于诗书画和山水间。"李白能诗复能酒，我今百杯复千首"写自己桀骜不驯的个性，"我也不登天子船，我也不上长安眠。姑苏城外一茅屋，万树桃花月满天"，过着高傲的逍遥的诗酒人生，"也不登""也不上"，颇有狂妄的意味。苏轼《念奴娇·中秋》："我醉拍手狂歌，举杯邀月，对影成三客。起舞徘徊风露下，今夕不知何夕。

便欲乘风，翻然归去，何用骑鹏翼。水晶宫里，一声吹断横笛。"一种特安逸的气息蕴涵其中。唐寅也有许多诗词显得非常生活化。比如《失调名·风花雪月四首选一》："月娟娟，月娟娟。乍缺钩横野，方圆镜挂天。斜移花影乱，低影水纹连。诗人举盏搜佳句，美女推窗迟夜眠。月娟娟，清光千古照无边。"再比如，《花月吟·效连珠体》："多少花前月下客，年年和月醉花枝"；"饮杯酬月浇花酒，做首评花问月诗。沉醉欲眠花月下，只愁花月笑人痴。""月下花会留我酌，花前月不厌人贫。好花好月知多少？弄月吟花有几人？"语言直白流畅，风格通俗淡雅，映射出一个潇洒的诗人形象，体现了深居绝俗的志趣和浪荡不羁的性格。

许多人认为唐寅的诗词语言"直白如话，也不讲究句法，又好为俚俗语"，给人以"若不经意"的感觉。事实上，"直白如话"和"若不经意"并不是递进关系，清朝的俞长城这样评唐寅道："余读子畏制义，方严正洁，近于老师宿儒，盖玩世不恭，非子畏之本心也。风流入达，所以待流俗，方严正洁，此以待圣贤，圣贤少而流俗多，则子畏隐矣。"（《制义丛话》卷四引）《明史·文苑传二》这样称他的晚年"颓然自放，谓后人知我不在此，论者伤之"。唐寅《感怀》："生涯画笔秉诗笔，踪迹花边与柳边。"再如《言志》中这样写道："不炼金丹不坐禅，不为商贾不耕田。闲来写就青山卖，不使人间造业钱。"从他人的评价以及唐寅的诗词中，可以看出唐寅表面上比较颓废，但是其实内心无奈而富有高雅的志趣，只是惜乎时不利之。

纤月黄昏

——《如梦令·纤月黄昏庭院》

纤月黄昏庭院，

语密翻教醉浅。

知否那人心？

旧恨新欢相半。

谁见？谁见？

珊枕泪痕红泫。

（清）纳兰性德

纳兰性德（1655——1685），字容若，原名成德，为避太子保成的名讳而改成性德，号楞伽山人。属满州正黄旗，中堂明珠的长子，生长在北京。小时候特别好学，是书便窥，深谙传统学术文化，特别喜欢填词。于康熙十五年中进士，被授予乾清门三等侍卫，随后升迁至一等。随扈出巡南北，并曾经出师黑龙江流域考察沙俄入侵我国东北情况。康熙二十四年（1685年）患急病去世，年仅31岁，葬于北京海淀区上庄皂甲屯。

纳兰性德虽然只活了31岁，但是留下了丰富的著作：《通志堂集》二十卷（含赋一卷、诗词各四卷、经解序三卷、文二卷、《渌水亭杂识》四卷），《词韵正略》；辑《大易集仪粹言》八十卷，《陈氏礼记说补正》三十八卷；编选《近词初集》、《名家绝句钞》、《全唐诗选》等书。而且，这些多是其出访之余完成，具有惊人的笔力。

词作是纳兰性德的主要成就。现存纳兰词共348首，刊印为《侧帽》《饮水》集，后称为《纳兰词》，风格清新隽秀，哀感顽艳，有南唐后主的风格。

纳兰性德在这首词中毫不吝惜自己的感情，绵绵情意慢慢变得磅礴起来，终于在最后"谁见？谁见？珊枕泪痕红泫"这几句中彻底释放出来。惊叹这个男子竟是那么易感的人，甚至是太过细腻。但正是这种别的男子所不具备的温柔，才让纳兰词更加魅力无限，兼有男人的直率和女人的柔媚，所有这些都化成了他独特的美。

在《饮水词》中，纳兰性德写的是与他的恋人欢聚一起的情景，里面有很多"黄昏""灯影""深夜"等词语。仿佛只有晚上才能与恋人相见，只有晚上的印象在他的记忆里非常鲜明深刻。大概是那些富贵人家原本就有迟眠晏起，俾昼作夜的好习惯，况且纳兰性德是个公子，白天要在书房读书，要学习骑射，放学归内时，差不多天色已晚，因此所写诗词都以"夜景"居多。这首《如梦令》也是这样。

这首词的前两句是对往日感情的回忆。那个时候，正好是黄昏，一轮新月笼罩整个庭院，虽然没有落霞孤鹜，却有长天秋水。词人十有八九是因为心有牵绊，所以就借酒消愁。但是恋人却翩然而来，悦然相伴，说着绵绵的情话，情意真是缠绵，原本浓浓的醉意都被这些缠绵给驱散到九霄云外了。这回忆的甜美，如饮醇醪。

后面一句"知否那人心"把词人从美好的回忆里带到了残酷的眼前。真不知道离别后，恋人心里怎么想，说不定早就把自己忘了，虽说"旧恨新欢相半"，事实上很有可能迷上新欢，而忘记旧恨。这里仿佛句句都是埋怨的语气，声声都是质问了。有道是多情自古空余恨，埋怨也没有什么用处，所以词人只好幽独孤单，相思彷徨，以泪洗面而不能入睡。词人写到这里，肯定是想起了南宋诗人陆游和他的妻子唐琬的爱情悲剧。陆游和唐琬成亲伊始，琴瑟和谐，感情弥笃，但是他母亲不悦，终致两个人分离。几年过后，在一个暮春时节，重游沈园时，两人又邂逅相遇，陆游心中无限惆怅，唐琬为他敬酒，陆游追忆往昔，忍不住赋词一首，题为《钗头凤》。这首《钗头凤》里这样写道："春如旧，人空瘦，泪痕红鲛绡透"。这句"泪痕红鲛绡透"，事实上就是纳兰的"珊枕泪痕红泫"一句的出处，谓因为流了过多的泪，脸上的红脂粉和着泪浸透了手帕，可见有多么伤怀。

"珊枕泪痕红泫"中"珊枕"和"红泫"两个字可以分开来解释。珊枕，指的是珊瑚枕。珊瑚多数是红色，所以在这一处，纳兰也许只是代指红色睡枕。"红泫"原本指的是女子因面敷脂粉，落泪之时，泪会洇染成红。后指代生离死别的泪。足以看出纳兰性德思念之孤楚。

也是，会有谁见他深夜不得眠，泪浸睡枕？作词《如梦令》，也只不过是一种空惆怅、徒奈何。如花的美眷，似水流年。而现在，他跟她，真的是能够回忆得了过去，却回不到过去。

纳兰性德才华横溢，多愁善感，是满清的贵公子，气质上深受汉文士的影响。虽然胸怀积极用世的远大抱负，但是更加追求温馨自在、诵吟风雅的逍遥生活。侍卫的生活非常单调且受尽拘束、多随主子劳顿奔波，这一切都离他的情志相差甚远。渐渐地，他雄心慢慢丧尽，失去了"立功""立德"的兴趣。上层政治党同伐异，内幕黑浊，这些也使他厌畏思退。诗人固有的禀性与现实生活中的处境相矛盾，渐渐地，他变得忧伤憔悴、哀苦无端。长时间的随驾出巡还破坏了他的家庭生活。苦闷的职业加之痛失爱妻，使他深陷苦海当中。

他怨天无门，尤人不果，只能将所有的愁苦都寄托于笔端，凝聚为哀感顽艳的词作。纳兰性德用特别的艺术功力弥补了题材狭窄的不足。他的词用一个字形容就是"真",情真景真,"纯任性灵,纤尘不染"。写情真挚浓烈,写景逼真传神,并用高超的白描手段出之,看去不加粉饰,却像是天生丽质,无不鲜明真切,摇曳动人。王国维曾说:"纳兰性德用自然之眼观物,用自然之舌言情,此由初入中原,未染汉人风气,故能真切如此。"所谓"未染汉人风气",就是指他能自由地表达自己的真实情感,意境天成,没有因袭模拟、堆垛典故的毛病。

谢却荼蘼

——《酒泉子·谢却荼蘼》

谢却荼蘼，一片月明如水。篆香消，犹未睡，早鸦啼。

嫩寒无赖罗衣薄，休傍阑干角。最愁人，灯欲落，雁还飞。

（清）纳兰性德

本首词是《纳兰词·杂感篇》里的最后篇。没有确切的资料能够用来考证纳兰性德填写它时的具体年份，我们只能猜测，那是一个300多年前的凉爽月夜。而在300多年后的今天，你是否会望着天上那枚曾经被纳兰性德的笔邀约了无数次的月亮，生出连绵不绝的亲近和感念来呢？那是肯定的。

这首词景象十分明丽清晰而意蕴含约，景中情，情中景，浑成一体，很有感发的魅力。啼鸦、飞雁衬托出了作者内心的纷乱与孤独的感觉，一夜无眠则表明作者有难解的心事。整首词集中表现了作者寂寞孤独的伤怀之情。

天上挂着一汪明月。仿佛明眸的月光，盈盈流泻。清晃醇白的月光下，是慢慢凋零的花。房里的篆香已经燃尽了，他还是不能入眠，直至听到早起的鸦啼。

秋天的凉意已经到来。茶蘼花，颓然而败。花瓣一片片掉到地上，分外让人怜悯。它们曾经有过非常盛烈的生机。那件景美花事，更是情真意切地流连过他的光阴。他站起来，斜倚阑干的一角。应该是穿的白色的罗衣吧。或许，他还有一张白朗英俊的脸。轻薄的罗衣在月光下泛出绸质的柔美荧光，温软地迎上他瞳眸里的微弱光束。紧一紧手臂，这北国的初秋夜，已经有几分寒意了。任凭这寒凉裹上身来，他还是不想回房休息。

就像是一场盛大酒席之后，人去场空了。空，直到孤寂。善感的他肯定能够迅速感受到这种"寂"，也在最短的时间里被这种"寂"相中。这是相互作用的结果。然后，任凭一点、一滴的伤感、空旷、寒意，从心向身漫漫沁透起来。

他望着天上的这一轮明月，又怜悯这满地的落花。彼时的他，既感觉孤单又感到惆怅。惆怅像酒一样，被自己一杯一杯灌进愁肠。

放下酒杯的刹那只能做一声轻叹，多少事只能欲说还休。欲说还休
的百转思绪，就着月光、篆香、残花、鸦啼、罗衣、阑干、灯光、飞
雁……更是蘸染上了层层叠叠忧伤而又阴靡的气息。

词中所描述的荼蘼花，属蔷薇科，在古代算得上是很有名的花
木，通常开在暮春，怒放在盛夏。花的体态清瘦可人，芳馥幽远恬
淡，亦被唤作"山蔷薇""百宜枝""白蔓君"等。这些称呼仿佛
都比荼蘼素雅。也或是因了"开到荼蘼花事了"，荼蘼用在这里，更
有一种绝艳凄然的意味。我们的汉字，古往今来都具备这种力量。
纳兰性德自然是运用文字的高手。宋代王淇有诗云：

一从梅粉褪残妆，涂抹新红上海棠。

开到荼蘼花事了，丝丝天棘出莓墙。

篆香是指把香料做成了篆文的形状，点燃它的一端，依香上的
篆形印记，烧尽来计算。根据宣州石刻上的记载："（宋代）熙宁癸
丑岁，时待次梅溪始作百刻香印以准昏晓，又增置午夜香刻。"故又
称为百刻香。它把一昼夜分成了一百个刻度，用作计时的工具，还
有驱蚊等作用。李清照曾填《满庭芳》：

小阁藏春，闲窗销昼，画堂无限深幽。篆香烧尽，日
影下帘钩。

手种江梅更好，又何必、临水登楼？无人到，寂寥恰
似，何逊在扬州。

从来，如韵胜，难堪雨藉，不耐风揉。更谁家横笛，

吹动浓愁？

莫恨香消玉减，须信道、扫迹难留。难言处，良窗淡
月，疏影尚风流。

她的这首《满庭芳》写的是深幽的小阁春意，不仅写了江梅，
还写了良窗淡月。她也在说她的惆怅，横笛怎么吹也吹不散的浓浓
凝愁。

事实上，纳兰性德与李清照是有相通之处的。两人都是性灵、
缜密、纤敏、多愁的人，这相通，只需各燃一盘篆香，便可以轻松
拉拢时光。

假如需要用"太阳"和"月亮"来比喻这世上的美好男子的话，
那么纳兰性德定是属于"月亮"那一类型了。他是人们心中所说的
那个美丽而忧伤的清澈月亮。

似乎纳兰性德身上与生俱来带有一种忧伤的气质，非常地高雅。
从这种气质所衍生出来的气场让他与芸芸众生分别开来。这是一种
固定的因缘，非他莫属。就算他不是贵族公子，他只是普通的百姓
或是落魄书生，也可以生出足够的贵气来。因为高贵，所以更加珍
贵。他也是身富平和贵气的男子，肯定会被世人所珍爱。我们喜欢
他的忧伤惆怅，也喜欢他的自然清婉。纵然岁月怎样飞逝，流光怎
样汹涌，他的才情仍然注定是熠熠生辉的宝，是能够被世代沉吟的。

谁念西风

——《浣溪沙·谁念西风独自凉》

谁念西风独自凉？ 萧萧黄叶闭疏窗。沉思往事立残阳。

被酒莫惊春睡重，赌书消得泼茶香，当时只道是寻常。

(清) 纳兰性德

由于词不像是诗一样有着工整的句式，所以词又被称为长短句，句法不拘，非常灵活，而从表面形式上看，《浣溪沙》这个词牌更像是七言律诗，所以许多人不喜欢读《浣溪沙》的词，认为它词态不够鲜明。但是纳兰的这首"谁念西风独自凉"将孤独、凄婉描绘得直入骨髓，可见其情之深，其爱之切。

西风至，凉意来，对谁来说都是平等的，可以吹进皇宫大内，也可吹到民间草舍。而在纳兰的这首词中，这凉意却仿佛仅仅是为了他自己而来，也仅仅只有他才能体会出那种滋味。

望着眼前萧萧的黄叶，"伤心人"哪里能够忍受重负？纳兰性德或许唯有关上"疏窗"，设法远离痛苦来求得内心暂时的平静。"西风""黄叶""疏窗""残阳""沉思往事"，到这里，词所列出的意向仿佛推出了一个定格镜头，许久地嵌入我们的脑海，让我们深受感动。几百年后，我们似乎依然可以看到纳兰孑立的身姿，衣袂飘飘，在"残阳"下，遐思无限。

词的后半部分很自然地写出了词人对过去的回忆。"被酒莫惊春睡重，赌书消得泼茶香"，这是比较工整的对仗句。"被酒"意思是醉酒。春日醉酒，畅酣入眠，全都是生活的情趣，而当睡意来临的时候，最忌讳有人来打扰。"莫惊"两个字正写出了妻子卢氏不惊扰他的睡眠，对他体贴入微、关爱有加。而如此一位温柔可人的贤妻不仅是纳兰生活上的好伴侣，也是他文学上的知音。出句写平常生活，对句更进一层。作者在这里借用了李清照、赵明诚夫妇"赌书泼茶"的故事。李清照曾在《〈金石录〉后序》一文当中追忆她婚后屏居乡里的时候与赵明诚赌书的情景，文中说："余性偶强记，每饭罢，坐归来堂，烹茶，指堆积书史，言某事在某书、某卷、第几页、第几行，以中否，角胜负，为饮茶先后。中，既举杯大笑，至茶倾覆怀中，反不得饮而起。甘心老是乡矣！"这些词句都是意趣盎然的文学佳话。一句"甘心老是乡矣"写出了他们情投意合、安贫乐道的夫妻生活。纳兰以李清照夫妇来对比自己与妻子卢氏，用来表达自己对妻子卢氏的深厚感情以及对失去这样一位才情并茂妻子的无限伤感。毕竟纳兰是个痴情郎，虽是"生死两茫茫"，分隔两途，但是他怎么也割舍不掉这份情感，性情中人读来不禁会有所感触。如果卢氏能在泉下有知，有这样一位痴情夫君，肯定能够安息了。比起纳兰性德来，李义山绝对是幸运的，当他问出"何当共剪西窗烛"时，是自知有"却话巴山夜雨时"的；而伤心的纳兰性德知道根本无法挽回所有的一切，他能够做的只是将所有的哀思和无奈化作最后一句"当时只道是寻常"。作为不相干的我们读罢这七个字尚且为之心痛，更何况是词人呢？恐怕更是字字皆血泪。往日的日常情景，在妻子卢氏去世后却成了纳兰性德心中美好而又永恒的回忆。有句话叫做，美好的事物只有在失去它之后我们才懂得珍惜，而美好的事物往往是如白驹过隙一样短暂。纳兰性德在他的《蝶恋花》中这样写道："辛苦最怜天上月，一昔如环，昔昔长如玦"，也表达了同样的情感。

张爱玲写纳兰性德："长的是磨难，短的是人生。"痴情的纳兰性德日日沉浸在丧失爱妻的伤痛之中，闷闷不乐，31 那年，结束了他短暂的一生。在他留给世人的著作《通志堂词》中，总共有诗340 余首，而里面悼念卢氏的就有几十首之多，足以证明他对妻子卢氏的爱恋。纳兰性德是一个至情至爱的人,更是一个不可多得的痴情之人。纳兰词多具有清丽的词工和很深的造诣。王国维在《人间词话》中评价他说:"北宋以来,一人而已。""为伊消得人憔悴,衣带渐宽终不悔",纳兰对亡妻的过度哀思真正不曾悔过。而纳兰本人的夭亡对古代文学来说又何尝不是一大损失?当他感叹"谁念西风独自凉""沉思往事立残阳"的时候,读者悄然寻着他的身影,感其深情,很容易想到元好问的那首《摸鱼儿》中的旷世名句:"问世间,情是何物,直教生死相许?"纳兰仿佛做到了这一点。

晶帘一片

——《菩萨蛮·晶帘一片伤心白》

晶帘一片伤心白，云鬟香雾成遥隔。无语问添衣，桐阴月已西。

西风鸣络纬，不许愁人睡。只是去年秋，如何泪欲流。

（清）纳兰性德

这首词大概作于康熙十六年（1677 年）的秋天，妻子卢氏去世后不久。词中所描写的是生活中一件"添衣"的小事。自从卢氏去世之后，再没有谁为作者添置过寒衣，对他嘘寒照顾了。家里虽有无数的仆人杂役，但是都做不出妻子缝制的温柔牵挂般的衣服。

　　"晶帘"指的是水晶帘。"伤心"是一种极言的说法。伤心白就是极白。李白有一首词这样写道："寒山一带伤心碧"，类于此。"晶帘"句意思在于在月光的映衬下水晶帘看上去洁白无限。"云鬟香雾成遥隔"本句语出自杜甫的《月夜》："香雾云鬟湿，清辉玉臂寒。"这是杜甫当年写给妻子的诗，纳兰性德用此代指自己的妻子。这句的意思是说头发乌黑似云，香气逸逸如雾浓，用此来代指自己所爱所思的女子。"无语问添衣，桐阴月已西。"该句是承上的一句，意思是说自己所思的人不在身边，即便是深处严寒之地，也没有办法问她需不需要添加衣裳，与前句的"成遥隔"相互照应。句中"添衣"两个字，平淡深情。"桐阴"指梧桐树阴，这一句是说月已西沉，也就是夜色已深。添衣，往日看来是习以为常的事情，总是感觉天长日久，手中好时光无从消磨。你我就像是陌上戏春的孩童，看见花开花谢都茫然欢喜，心里没有凄伤。只不过在今天，你离我而去，再也没有人为我添衣，问我寒暖，而我也失去呵护你的机会。你看见了吗？是一样的秋色。秋风月夜，我站立在桐阴之下，仍像是去年秋天的情景，你知我为何眼泪泛滥？生死相隔，我真的一点办法也没有。"络纬"指的是蟋蟀，还有一说指纺织娘。"只是去年秋，如何泪欲流"谓秋色和去年秋天相同。

　　本词选取了生活中"添衣"这么一件细小的事，除去"云鬟香雾"的指代，言语非常平实，"欲"字更是用得非常传神，"欲"指的是出未出，想流又不能流，诗人把那种痛却无泪的苦楚描写得非常精准。

诗的折转之间也是非常从容淡定，然而小事情可见大真情，更显凄婉动人，仿佛眼前梨花飞舞，细碎地散落了一地，让人心意黯然。这首词当是康熙十六年（1677 年）秋之作，亦是纳兰性德小令中的经典之作。

上元月蚀

——《清平乐·上元月蚀》

瑶华映阙，烘散寞墀雪。比拟寻常清景别，第一团栾时节。影蛾忽泛初弦，分辉借与官莲。七宝修成合璧，重轮岁岁中天。

（清）纳兰性德

这首词运用委婉曲折的手法递进式地描写了自己对春日的喜爱向往之情。委婉曲折的手法直至最后，仍然没有一语道破这种感情，结语轻柔，余音淼淼，言虽尽而意犹在。作者运用拟人的手法、巧妙的构思、新奇的设想，创造出优美的意境。整首词俏丽、含蓄、宛转，表现了词的风格。

整首词几乎全用白描，无任何雕琢手法。前半部分的第一句描绘了月全蚀时所见的景象。"上元"指的是元宵；瑶华则指美玉。晋葛洪所作《抱朴子·勖学》有云："故瑶华不琢，则耀夜之景不发。"在这里借指入蚀之月就像是光彩照人的美玉一般。莫墀雪谓生长着瑞草的殿阶上，出现了洁白一片的景象。莫，指一种瑞草。在《竹书纪年》中这样记载："有草夹阶而生，月朔始生一荚。月半而生十五荚；十六日以后，日落一荚，及晦而尽；月小，则一荚焦而不落。名曰蓂荚，一曰莫荚。"据云，古代唐尧观莫荚而知月。

词的后两句是对不寻常景象的一种赞美，更加富有朦胧感和梦幻感。下半部分写月出蚀的情景：前两句写月蚀渐出呈现"初弦"的景象，后二句写蚀出复圆。前后八句，写了月蚀的整个过程以及不同的景象。影娥，指的是汉朝未央宫里的影娥池。这个池子是为了玩月而凿，后代指清澈鉴月的水池。《三辅黄图·未央宫》记载："影娥池，武帝凿以玩月。其旁起望鹄台，以眺月影入池中，亦曰眺蟾台。""初弦"指的是上弦月。"宫莲"是对莲花瓣的美称。

纳兰性德的生命是短暂的，他的爱情故事也颇具几分神秘而凄美的色彩。民国蒋瑞藻在他的《小说考证》中引《海沤闲话》道："纳兰眷一女，绝色也，有婚姻之约。旋此女入宫，顿成陌路。容若愁思郁结，誓必一见，了此宿因。会遭国丧，喇嘛每日应入宫唪经，容若贿通喇嘛，披袈裟，果得一见彼姝，而宫禁森严，竟如汉武帝重见李夫人故事，始终无由通一词，怅然而去。"这样的轶事估计有很多的演义成分，不足为信，但是纳兰性德的一些词篇里带着那种亲切、甜蜜与惆怅、凄凉相交织的初恋情怀确属事实，作为诗词的背景也无大碍。就像这首词，上半部分写幽会，下半部分写离别，迷漫着一种烟水迷离的感伤之美，确是这类题材的上乘之作。

在所有的词牌中，《清平乐》属于易学难精的一个。其上半部分四仄韵，句法为四、五、七、六；下片三平韵，都是六字句，从而抑扬有致，又具有错落整饬的美感。要写得轻倩流美，像淙淙的溪水，又似大珠小珠落玉盘才是上品。

白云深处
——《住西湖白云禅院·白云深处》

白云深处拥雷峰，

几树寒梅带雪红。

斋罢垂垂浑入定，

庵前潭影落疏钟。

(清末民初) 苏曼殊

苏曼殊，今属广东中山人。少年时候孤苦伶仃，1903 年以后曾经在早稻田大学、成城学校求学，并加入了革命团体青年会和拒俄义勇队，回国后在上海《国民日报》任翻译，没过多久就在惠州出家为僧。1907 年赴日组织亚洲和亲会，反抗帝国主义，与鲁迅等人创办杂志《新生》，最终失败，后来奔赴爪哇。辛亥革命后回国。于1918年5月2日在上海病逝，时年34岁。

现存的苏曼殊诗作大约有百余首，以七绝居多，内容多以伤感格调为主，这样的诗作在辛亥革命以后体现得特别明显。在艺术上他深受李商隐诗的影响，诗风哀怨悲恻，弥漫着自伤身世的无奈和感叹，《东居杂诗》《何处》等皆是这类哀怨诗的典型代表。然而在苏曼殊诗歌创作初期仍有一部分作品风格与后期迥异，如《以诗并画留别汤国顿》二首所体现的爱国热情表现方式苍劲悲壮，与一般诗歌有所不同。此外苏曼殊还创作了一些轻松活泼、色彩鲜明的风景诗。这些诗非常形象化，就像是一幅画卷，清新之气扑面而来，艺术性较高，代表作有《过蒲田》《淀江道中口占》等。

这是一首描写初春时分杭州西湖美景的诗，写景是为了抒情，这首诗营造出了一种静谧悠远的禅境，也反映出了作者宁静、恬淡的心情。

诗人将这美好的景色描绘得格外迷人，白云禅院上高耸着寺塔，旁边开放着梅花，前边有澄碧的深潭，景色相当地宜人，这样清幽的环境，的确是参禅悟道的好地方。诗的开头两句描写了西湖白云禅院的美好景色：远处的白云悠悠，雷峰塔高耸入云，近处有几株寒梅，满地的皑皑白雪将其映衬得格外红艳。这来自高低远近的碰撞都在向我们昭示着这是一所极其清旷幽寂的禅院，让所有读过这首诗的人心中都清晰地展现这样一幅美卷，都能领悟个中意境。这就使人想到杜牧的《山行》诗句："远上寒山石径斜，白云深处有人家。停车坐爱枫林晚，霜叶红于二月花。"读者不期然就会调动感官，为这样的画面添加画外音，尽管还有秋景和春景的不同。"拥"字写得格外传神，现出云层的重叠、雷峰塔的雄伟与庄严，较之"耸""矗"之类的字眼，更带有主观的色彩，是经过推敲之后得来。另外，这句中使用了"几树"，而没有写"数枝"或"一枝"，并不是要在"早"字上做文章，而是渲染一种特殊的气氛，让人想起白居易《钱塘湖春行》的"几处早莺争暖树，谁家新燕啄春泥"两句诗，而与姜夔的咏梅名句"千树压、西湖寒碧"做了明显的区分。

本诗的后两句描写的是斋定生活。诗僧们个个心如止水，垂垂入定，因朗朗疏钟作伴不会寂寞。清潭中倒映着佛宫的清影，那清亮的钟声仿佛诗人的一颗冰心，与白云、宝塔、寒梅、白雪、虚庵、澄潭融为一体，给人以清澄虚远的妙境。句中巧用三潭印月和南屏晚钟，创造了一个非常清远的境界。悠扬而又渺远的钟声落在深沉清澈的潭中，是涤荡出佛国的回声，还是纳于渊默的境内。潭是一处空潭，钟是疏钟，潭中印有钟影，在虚静当中无疑深有法理，与那位斋罢渐入禅定的主人公形成一个和谐的整体。真是情景交融，妙然天成。一个"落"字，写得亦真亦幻，亦虚亦实，静中有动，动中有静，呈现出一种诗意的逻辑和哲理，确是精思后的心智之果。苏曼殊善画，这首诗在深厚的内蕴中所体现的诗情画意，定是他洋溢才华的一种体现。

　　苏曼殊作品得以流传的重要原因之一是他取得了一定的艺术成就。他的诗风格别致，自成一家。抒情则缠绵悱恻，千回百转；状物则形象逼真，历历如见；写人则栩栩如生，呼之欲出。例如："柳阴深处马蹄骄，无际银沙逐退潮。茅店冰旗知市近，满山红叶女郎樵。"确实不失为诗中有画、情景交融、清新秀丽的好诗。无怪乎连郭沫若也说"苏曼殊的诗很清新"。他的小说则既保留了中国小说情节曲折、故事完整、描写简洁等优点，又吸收了西洋小说注重描写自然环境、人物心理、人物外貌等长处，从而提高了小说的文学性。

　　当然，苏曼殊的阶级出身及其所处的时代，不可能不给他的思想带来严重的缺陷。首先，他的思想充满了矛盾：既有反帝的爱国主义，又存在盲目排满的狭隘民族主义；既有反封建的民主思想，又保留了封建思想的落后残余；既有救国救民的满腔热情，又有悲观厌世的消极情绪；既同情人民的苦难，又看不到人民的力量；如此等等。其次，他的思想表现了明显退步的趋势，积极的一面越来越薄弱，而消极的一面却越来越严重。可见对苏曼殊既不能一概抹煞，也不能一概肯定，而应该批判地继承。

　　总之，苏曼殊是旧民主主义革命时代的重要作家，他的作品应该属于祖国优秀文化遗产的组成部分，文学史里应该有属于他的一席之地。

好花零落

——《春日·好花零落雨绵绵》

好花零落雨绵绵，辜负韶光二月天。

知否玉楼春梦醒，有人愁煞柳如烟。

（清末民初）苏曼殊

作为世界文化瑰宝的中国古典诗歌，它的高峰期定是在鼎盛的大唐。然而，现存诗歌数量最多的朝代却是清代。到了清朝晚期或是二十世纪初期，仍旧有许多人在创作旧体诗，其中不乏许多名家名作。苏曼殊的诗作，多创作于伤怀之时，这首诗也是如此。

诗的第一句"好花零落雨绵绵"，我们可以理解为"在春日里，那美好的花瓣在绵绵细雨中凋落"，也可以理解为"花瓣飘落，仿佛绵绵春雨",由此伤春之情,油然而生。也因此,有了作者的"辜负韶光二月天"的感叹。韶光,韶,美,美好;光,时光,即美好时光。

二月的春天,正是一年当中最美好的时光;然而,目之所及,却是花瓣飘落,一片萧索景致。情由景生。作者承接上文又把内在的情愫温婉地倾倒而出。"知否玉楼春梦醒,有人愁煞柳如烟。"玉楼本来可以理解为华丽的楼,在这里主要是指妓楼,也有天帝或仙人之所的意思。梦中醒来,那深刻的愁绪,也随之而至。"柳如烟",我们既可理解为窗外的实景(景为情化),也可认为是用来形容作者愁绪的意象。其实,"柳如烟"一开始来自于唐末花间词派鼻祖温庭筠的一首《菩萨蛮》:"江上柳如烟,雁飞残月(一作日)天。"

苏曼殊是具有传奇色彩的人物。他自小经历坎坷,曾几度入寺为僧,又几番逃离,曾一度隐遁、寄居青楼,却又洁身自好,在疏离与梦幻之中,消解现世的苦闷。作者现世的苦闷,来自于对20世纪初风云变幻的社会遭际与变革的失望,以及坎坷、流离身世的切身体会。因此,苏曼殊的诗中,虚无、空泛的消极情绪比较严重。

本诗意象的使用,与情感的基调相吻合,"玉楼""春梦"的意义,也可从多个层面来解读。也许,苏曼殊的诗,从表面来看略显浮艳、空洞,甚或矫饰,但这并不妨碍他的诗作在当时,及至今日的影响力。他的诗名被拿来与同时代的高僧弘一法师(李叔同)

并列，有"行云流水一孤僧"之美誉。苏曼殊乃性情中人，才华横溢，与当时知识界、文化界名流陈独秀等交往甚笃，这或许也在一定程度上促成了他彼时诗名的传播。